김숨

1974년 울산에서 태어나 1997년《대전일보》신춘문예에
「느림에 대하여」가, 1998년《문학동네》신인상에 「중세의 시간」이
각각 당선되어 작품 활동을 시작했다.
소설집으로『나는 나무를 만질 수 있을까』『침대』『간과 쓸개』
『국수』『당신의 신』『나는 염소가 처음이야』등이 있고,
장편소설로 조선소 노동자의 삶을 다룬『철』과『제비심장』,
1987년 6월 항쟁을 그린『L의 운동화』, 일본군 '위안부'의 목소리를
담은『한 명』『군인이 천사가 되기를 바란 적 있는가』『숭고함은
나를 들여다보는 거야』『듣기 시간』을 비롯해,
1930년대 디아스포라의 삶을 다룬『떠도는 땅』, 식민 지배의
상처를 그린『잃어버린 사람』, 태평양전쟁 당시 오키나와에서의
조선인 참살을 다룬『오키나와 스파이』등이 있다. 현대문학상,
대산문학상, 이상문학상, 동인문학상 등을 수상했다.

KB182700

무지개 눈

무지개 눈

김숨 연작소설   민음사

'너'라고 말할 때 나도 함께 말해진다.*

* "'너'라고 말할 때는 짝말 '나-너'의 '나'도 함께 말해진다."
(마르틴 부버, 표재명 옮김, 『나와 너』, 문예출판사, 2001).

오늘 밤 내 아이들은 새장을 찾아 떠날 거예요

1장

1

내게 닿으려 내게 걸어갔어요.
닿고 싶었어요,
닿고 싶지 않아요.

멀리 안 가요, 저만큼만 가요, 저만큼이 가장 멀어요.

내 아이들은 벌써 새장을 찾아 떠났어요. 새장은 멀리 있
어요. 새장은 내 뺨보다 멀리 있어요.
새장에는 백문조 한 쌍이 살고 있어요.

내 아이들이 새장 문을 열면 백문조들이 날아오를 거예요.
날개를 잊지 않으려, 깃털들을 잊지 않으려.

잊지 않으려면 잊어야 해요.

어디까지가 나인가요?
어디서부터가 나인가요?

나는 거울 앞에 앉아 있어요. 나는 눈을 감고 거울 앞에
앉아 있어요.

또 다른 내가 거울 안에 있어요. 또 다른 내가 나예요.

나는 나만 바라봐요. 나는 나만 바라볼래요, 나는 나만 바
라보기도 벅차요.

거울 속 또 다른 나는 멀리 있어요. 거울보다 멀리 있어요.

내 앞에 있는 게 어떻게 거울인가요? 내 앞에 있는 게 어떻
게 바다인가요? 바다 앞에서는 묻지 않았어요. 파도 소리가
들려왔으니까요. 거울에서는 아무 소리도 들려오지 않아요.

나는 원피스를 입고 거울 앞에 앉아 있어요. 원피스의 색
깔은 잊어버렸어요. 내게는 원피스가 일곱 벌 있어요. 낮과

밤이 만나듯 하얀색과 검은색이 섞인 원피스가 한 벌, 나머지 원피스의 색깔은 잊어버렸어요.

여름밤이었어요. 그때 나는 서른 살이었어요. 나는 화장대 거울 앞에 앉아 얼굴에 로션을 바르고 있었어요. 볼에 로션을 바르던 내 손이 거울로 향하더니 거울을 쓰다듬기 시작했어요.

거울은 번개,
그녀를 친다.

쪼르르 쪽 — 쪼르르 쪽 —*
끼익 — 끼익 —.

백문조들이 장난감 그네를 타네요.
새장 속에는 나무가 없어요, 그래서 새장 속에는 나뭇가지가 없어요, 그래서 새장 속에는 나뭇잎이 없어요.
백문조들은 나뭇가지를 찾아 헤매다 그네로 날아들곤 해요.
백문조들은 같은 곳을 바라보고 있어요.

* 수컷 백문조의 울음소리.

백문조들이 같은 곳을 바라보고 있다는 걸 난 어떻게 알까요.

2

내게는 무표정만 있어요.

무표정한 내 표정이 궁금해요, 다른 사람들 표정은 궁금하지 않아요. 내게 무표정만 있는 건 표정을 보지 못해서일까요.

무표정으로 바라보고 싶지 않아요. 그래서 나는 바라보지 않아요.

눈빛으로 바라보고 싶어요. 눈빛으로 말하고 싶어요.

나는 눈빛을 보지 못했지만 그게 뭔지 알아요. 눈빛은 색깔이에요. 그것은 눈동자에 있어요.

물고기의 눈동자에도 눈빛이 있을 거예요. 죽어 가는 물고기의 눈동자에도 눈빛이 있을 거예요. 죽은 물고기의 눈동자에는 눈빛이 없을 것 같아요. 날아가 버려서요······.

눈빛은 변하는 거예요. 기분따라, 마음따라, 바라보고 있는 것에 따라······.

눈빛은 꾸밀 수 없어요. 그리고 눈동자마다 달라요.

내 아들의 눈빛은 알록달록해요. 노란색, 빨간색, 파란색, 보라색…… 여러 색깔이 섞여 있어요. 내 아들의 눈빛이 다채로운 건 그 애의 감정이 자주 변하기 때문이에요. 화났다, 따뜻했다, 차가웠다……. 나는 그 애의 눈빛이 한 가지 색깔이기를 바라요, 두 개의 색깔을 하나의 색깔이 될 때까지 섞은 색깔이요. 초록색과 오렌지색을 섞으면 어떤 색이 되나요? 오렌지색과 파란색을 섞으면 어떤 색이 되나요? 나는 산호 색깔을 본 적 없지만 가장 아름다운 눈빛은 산호 빛깔일 것 같아요. 빠져들 것 같은 맑은 파란색이요. 그런 눈빛은 특별한 사람들에게만 있어요. 그런 눈빛을 가진 사람을 나는 아직 만나지 못했어요. 그 눈빛이 날 바라본다고 생각하면…… 부끄럽고 황홀해서 나는 눈을 감고 눈물을 흘릴지도 몰라요.

내게도 눈빛이 있을까요. 내 눈빛이 있다면 갈색일 것 같아요. 그냥 갈색…… 옅은…… 옅다는 건 딱딱하다는 거예요.

내가 눈빛으로 바라보고 싶은 건 눈빛으로만 온 존재를 담아 줄 수 있는 마음이 있기 때문이에요.

사랑해, 하고 말하는 걸로는 부족해요.

행복해, 하고 말하는 걸로는 부족해요.

죽어 가는 물고기의 눈빛은……..

3

지난 저녁에 내 손은 죽은 물고기의 얼굴 위에 놓여 있었
어요.

내 손은 작아요. 내 손은 자라서 작은 손이 됐어요. 내 손
은 계속 자라고 있고 계속 더 작은 손이 되어 가고 있어요.

어느 날 백문조가 날아들지 몰라요. 그럼 내 손은 둥지가
되어 줄 거예요.

내 손이 어디에 있는지 알려고 손가락을 오므리곤 해요.

내 손이 어디에 있는지 모르곤 해요.

모르겠는 내 손이 돌을 만지면 돌이 생겨나요. 모르겠는
내 손이 물을 만지면 물이 생겨나요.

내 손은 여전히 죽은 물고기의 얼굴 위에 놓여 있어요.

아, 내 눈동자는 어디로 가고 있나?

4

눈을 뜨는 게 힘들어요, 눈을 뜨는 게 점점 더 힘들어요. 눈꺼풀이 저절로 소리 없이 내려와요.

눈동자에 가시가 돋는 게 느껴지곤 해요. 그럴 때면 눈동자가 온통 가시로 뒤덮일 것 같다는 생각이 들어요.

눈동자는 뭘까, 물방울 같은 걸까…….

물방울에도 빛이 있대요.

수도꼭지에 물방울이 매달려 있는 걸 느껴요, 물방울이 떠는 걸 느껴요.

아, 물방울이 터지면 빛은 어디로 갈까?

눈을 감고 있어도 눈동자가 아파요.

아무것도 안 보이는데 눈이 왜 아플까? 아무것도 찌르지 않는데.

내 눈동자가 작아지는 걸 느껴요, 멀어지는 걸 느껴요.

내 눈동자는 종종 회전목마가 돼요.

눈동자가 더 작아지지 않았으면, 눈동자가 더 멀어지지 않
았으면······.

내가 보지 못한다는 생각을 못 했어요,
내가 보지 못한다는 생각을 못 해요.

나는 눈을 감고 바라봐요. 어느 날 듣는 게 보는 거라는
걸 깨달았어요. 사람들은 내가 자신들을 듣고 있다는 걸 몰
라요. 자기들끼리 눈빛을 주고받는 걸, 표정을 주고받는 걸,
몸짓을 주고받는 걸.
들려요, 보여요.

눈을 뜨고 듣고 싶을 때가 있어요.

쪽쪽 ─ 쪽쪽쪽 ─ 쪽 ─*

백문조들이 새장 문을 부리로 긁고 있네요, 부리로 차고
있네요. 내 아이들은 벌써 새장을 찾아 떠났어요.
처음에는 암컷 백문조 두 마리가 새장에서 살고 있었어요.

---

* 암컷 백문조의 울음소리.

암컷 하나를 수컷 두 마리만 있는 집에 보내고, 그 집의 수컷 하나를 데려와 남겨진 암컷과 짝지어 줬어요. 그런데 수컷의 날개깃이 잘려 있었어요. 날아가지 못하게 사람들이 새의 날개깃을 자르기도 한다는 걸 그때 알았어요.

수컷 백문조가 오고, 깃털 자라는 소리가 새장에서 들려왔어요. 나는 눈을 감고 그 소리를 들었어요. 나는 눈을 뜨고 그 소리를 들었어요.

백문조들은 사이가 좋아요. 세상 모든 새들은 사이가 좋아요.

새장 위에는 시계가 있어요. 새장이 그곳에 놓이기 전부터 시계는 그곳에 있었어요.

요즘 나는 백문조들을 숲에 데려가고 싶어요. 이동 새장도 마련했어요. 백문조들에게 나무를 보여 주고 싶어요. 백문조들은 새장에서 태어나 나무를 본 적이 없어요.

2장 나무

1

그녀 앞에 나무가 있다. 그녀는 여섯 살이다. 나무는 작다. 그리고 희다. 그리고 잎이 하나도 달리지 않았다. 바람이 불지 않는다. 그녀는 나무가 있다는 걸 까맣게 모른다.

2

그녀 앞에 나무가 있다. 그녀는 일곱 살이다. 나무는 크다. 그리고 검다. 그런데 잎이 하나도 달리지 않았다. 바람이 불지 않는다. 그녀는 가까이에 나무가 있다는 걸 안다. 그녀의 귀가 나무를 본다.

3

그녀 앞에 나무가 있다. 그녀는 여덟 살이다. 나무는 작다. 그리고 붉다. 제비의 뼈 같은 가는 가지마다 연두색 잎이 달렸다. 바람이 분다. 바람에 잎들이 뒤채며 소리를 낸다.

그녀는 눈을 감고 나무로 걸어간다.

3장

1

  고속도로 위 승용차 조수석에 인형처럼 앉아 훌쩍훌쩍 울
고 있는 그녀.
  그녀는 승용차가 버려진 장난감 차처럼 멈춰 서 있는 것
같다고 생각한다.
  멀리서 들려오는 목소리. "아빠가 꼭 보게 해 줄게."
  그녀는 얼마 전에 열 살이 됐다. 아빠는 서울에 있는 맹학
교에 그녀를 전학시키려 서울을 향해 승용차를 몰고 있다. 그
녀는 기숙사에서 살며 맹학교에 다니게 될 것이다.

첫날 밤, 꿈에 누군가 그녀의 이름을 부른다.

그녀는 대답하지 않는다.

꿈에 누군가 계속 그녀의 이름을 부른다.

그녀는 결코 대답하지 않는다.

쇠를 깎는 것 같은 기상 점호 소리가 기숙사 복도에 울린다. 그 소리는 꿈속까지 들려온다. 그녀는 추락한다. 꿈에 그녀는 모습이 없다. 그래서 모습 없이 추락한다.

그녀는 꿈에서 모습을 가졌던 적이 단 한 번도 없다.

그녀는 기숙사 세면장 쇳빛 수도꼭지 앞에 웅크리고 앉아 있다. 분홍색 비누 상자, 하늘색 세숫대야가 수도꼭지 밑에 놓여 있다.

기숙사 복도 끝에 있는 세면장에는 수도꼭지가 스무 개쯤 있다.

수도꼭지를 틀려는데 물방울이 수도꼭지에 매달려 떨고 있는 게 그녀에게 느껴진다. 물방울이 떨면서 그녀를 끌어당기는 게 느껴진다. 그녀는 물방울에 삼켜지고 싶다.

"빨리 씻어."

그녀의 뒤에서 들려오는 목소리에 물방울이 똑 하고 떨어진다.

2   점자 시간

눈꺼풀을 더듬곤 하는 둘째손가락으로 그녀는 *나무* ⠿를 더듬는다.

*나무*는 점이 일곱 개고 국자 모양이다.

*나무*는 북두칠성이다.

그녀는 *혼자* ⠿를 만진다.

그녀는 혼자 *혼자*를 만진다.

그녀는 *물방울* ⠿⠿⠿을 만진다.

그녀는 떨고 있는 *물방울*에 떨며 매달린다.

그녀는 *밤* ⠿을 만진다.

밤은 흙 같은 걸까?

그녀는 밤이 싫다. 밤이 되면 흙을 얼굴에 덮고 누워 있는 것만 같다.

3

기숙사에서 처음 맞는 일요일. 누군가가 그녀 쪽으로 기울어진다.

누굴까?

목소리를 들려주지 않으면 누군지 알 수 없다.

"손 내밀어 봐."

16호실 반장인 인숙 언니 목소리다. 언니의 목소리는 차가운 듯 다정하다. 높지 않다, 크지 않다, 빠르지 않다. 인숙 언니는 고등학교 3학년이고 스물다섯 살이다. 그녀는 기숙사 16호실에 산다. 16호실에서 나이가 가장 많아서 다른 언니들은 인숙 언니를 큰언니라고 부른다.

인숙 언니의 손이 그녀의 손을 찾아 허공을 더듬는 게 그녀에게 느껴진다. 그녀는 손을 내밀지 않고 있다. 오히려 손가락을 오므린다.

"손 어디 있어?"

그녀는 망설이다 오른손을 앞으로 내민다. 인숙 언니가 자신의 손을 펼쳐 그녀의 손을 감싸듯 덮어 온다. 그녀는 기분이 이상하다. 인숙 언니의 손은 그녀의 손보다 따뜻하다. 인숙 언니의 마른 손가락들이 그녀의 손톱들을 매만진다.

"손톱이 병아리 부리 같네."

인숙 언니는 병아리 부리를 본 적 있는 것처럼 말한다. 그녀가 알기로 인숙 언니도 그녀처럼 빛조차 보지 못하는 전맹이다.

"깎아야겠다."

똑, 똑. 손톱깎이에 그녀의 손톱이 잘려 나가는 소리가 16호실에 울린다.

"너, 젓가락질할 줄 모르지? 점심때 너 밥 먹는 거 보니까 반찬도 숟가락으로 먹더라. 우리는 사람들을 못 보지만 사람들은 우리를 봐."

그래서 인숙 언니는 그녀에게 젓가락질을 가르친다. 기숙사 식당에서 챙겨 온 젓가락을 그녀의 손에 들려 주고, 그릇 속 새우깡을 젓가락으로 집어 그 옆 빈 그릇에 옮기는 연습을 시킨다.

16호실 어디선가 성희 언니는 뜨개질을 하고 있다. 열일곱 살인 언니도 태어나 빛조차 본 적 없다. 언니는 보이지 않는 실로 보이지 않는 목도리를 뜬다. 보이지 않는 모자를 뜬다. 성희 언니의 친언니는 언니를 만나러 올 때면 한 소쿠리는 되는 털실 뭉치를 가져온다. 그럼 성희 언니는 그걸로 목도리나 모자를 떠 책상 위에 차곡차곡 쌓아 놓는다. 성희 언니의 친언니는 천안 터미널 근처에서 보세 옷 가게를 하고 있다. 동생이 뜬 모자와 목도리를 자신의 보세 옷 가게에서 판다.

계숙 언니가 점자책을 소리 내 읽기 시작한다. 언니의 목소리는 닫힌 문 너머에서 들려오는 것 같다. 열일곱 살인 계숙 언니도 빛조차 본 적 없다. 게다가 어릴 때 소아마비를 앓아 다리를 절룩인다. 계숙 언니는 열일곱 살이지만 중학교 1학년이다. 초등학교를 졸업하고 집에만 있다 맹학교에 입학했다. 맹학교에 입학하고 나서야 점자를 배워서 점자를 더듬더듬 읽는다. 농사를 짓는 언니의 부모는 딸에게 점자를 가르치는 대신에 마늘을 까거나 깻잎을 차곡차곡 개키는 일을 시켰다. 언니의 아버지는 맹학교에서 맹인들에게 공부도 시켜 주고, 안마 기술도 가르쳐 주고, 졸업하면 안마사로 취직도 시켜 준다는 얘기를 듣고 나중에야 딸을 맹학교에 입학시켰다.

"성희야 보지 않고도 믿는 사람이 정말 행복한 사람이래."*

계숙 언니가 말한다.

"난 보지 않고는 못 믿겠던데…… 그래서 맨날 이렇게 슬픈가?"

성희 언니는 손으로 계속 뜨개질을 하며 말한다.

"성희야, 슬픈 사람에게 복이 있대."**

* 요한 복음 20:29
** 마태복음 5:4

계숙 언니가 말한다.

활주로처럼 긴 책상 끄트머리. 그녀의 감긴 눈이 더 꼭 감긴다.

나방의 날개처럼 떨리는 눈꺼풀.

탁상시계 네 개가 긴 책상 위에 띄엄띄엄 놓여 있다. 초침 네 개가 일제히 돌아가며 내는 소리는 침묵보다 수심이 깊다. 초침 하나가 다른 초침들보다 반 박자 느리게 돌아간다.

복도에 부는 바람이 문 틈새로 새어 들어온다. 복도에는 늘 바람이 분다.

그녀가 원피스를 입고 방울 두 개 달린 끈으로 머리를 묶고 책상 끄트머리에 앉아 있는 이유는 그곳이 그녀의 자리이기 때문이다. 그곳이 그녀의 자리가 된 건 16호실에서 그녀가 가장 어리기 때문이다.

베개만 한 곰 인형이 책상 위에 걸터앉아 그녀를 바라보고 있다.

그녀는 손을 내밀어 곰 인형의 둥그스름한 배를 더듬는다. 배꼽 자리에 있는 열쇠고리 같은 걸 잡고 시곗바늘이 돌아가는 방향으로 딱 소리가 날 때까지 돌린다.

"잘 잤어?"

"잘 잤어?"

곰 인형은 그녀가 하는 말을 똑같이 따라 한다. 그래서 그
녀는 곰 인형에게 자신이 듣고 싶은 말을 한다.

"보고 싶었어."
"보고 싶었어."

그녀의 손가락이 곰 인형의 눈동자를 만진다. 눈동자는 둥
글고 볼록하고 매끄럽고 얼굴에 꼭 붙어 있다. 눈꺼풀은 없다.
눈썹도 없다. 오직 눈동자만 있다.

그녀는 열쇠고리 같은 걸 다시 딱 소리가 날 때까지 돌
린다.

"사랑해."
"사랑해."

그녀의 속눈썹 새새마다 눈물이 떨어지다 허공에서 멈춰
버린 비처럼 매달려 있다.

그녀는 복도 16호실 신발장 앞에 쪼그리고 앉아 있다. 기
숙사 호실마다는 칸칸이 나뉜 신발장이 딸려 있다.

그녀의 두 발에는 새 끈 운동화가 신겨 있다.

보지 못하는 인숙 언니는, 보지 못하는 그녀에게 운동화 끈 묶는 법을 알려 주고 있다. 그녀는 끈 운동화를 처음 신어 본다. 아빠는 그녀에게 끈 운동화를 사 주기만 하고 묶는 법은 알려 주지 않았다.

인숙 언니는 자신의 두 손을 그녀의 두 손에 포개고 끈을 리본 모양으로 묶는 걸 반복한다.

"혼자 해 봐. 혼자서 묶을 줄 알아야 해."

4 복도

그녀는 곰 인형을 끌어안고 복도 끝에 서 있다. 그녀는 복도가 더 길어진 것 같다고 생각한다. 그녀는 복도를 걸어간다.

복도의 모든 문은 닫혀 있다.

11시가 넘은 늦은 밤이다.

그녀는 복도가 더 길어진 것 같다고 느낀다.

아, 추워…….

그녀는 발가락들을 꼼지락거린다. 그녀는 앞뒤가 트인 고무 슬리퍼를 맨발에 신고 있다. 그녀의 발톱들이 형광등 불빛을 받아 바닷속 조개처럼 반짝인다.

그녀는 복도를 걸어간다. 그녀는 소변이 너무 마려운데 화
장실은 복도 끝에 있다.

5   원피스

엄마는 한 달에 한 번 기차를 타고 그녀를 만나러 온다. 엄
마는 그녀가 운동화 끈을 리본 모양으로 묶을 줄 안다는 걸
모른다. 콩나물무침 같은 반찬을 젓가락으로 집어 먹는다는
걸 모른다. 엄마는 아빠와 이혼하고 식당 일을 하며 혼자 살
고 있다. 엄마는 자주 만나러 오고 싶지만 식당 일을 쉬는 날
에나 시간을 낼 수 있다고 했다.

"입어 봐."

"뭐야?"

"원피스야, 예쁜 원피스."

엄마는 그녀에게 원피스 색깔을 말해 주지 않는다. 그래서
원피스는 색깔이 없다.

"어서 입어 봐."

그녀가 입고 있는 원피스도 엄마가 사다 준 것이다. 엄마는
그 원피스의 색깔도 말해 주지 않았다. 엄마는 그 원피스도

예쁜 원피스라고 했다.

그녀는 색깔이 없는 예쁜 원피스를 벗고, 색깔이 없는 예쁜 원피스로 갈아입는다.

6   계단

그녀는 색깔이 없는 예쁜 원피스를 입고 계단을 올라간다. 계단은 또 다른 계단으로 이어진다. 또 다른 계단은 가장 높은 계단으로 이어진다.

가장 높은 계단에 바람이 분다. 가장 높은 계단에 그녀가 서 있다. 그녀의 발에는 끈을 리본 모양으로 묶은 흰 운동화가 신겨 있다.

가장 높은 계단이 텅 빈다.

어린 여자아이가 지르는 비명.

그녀는 피투성이가 되어 계단 밑에 널브러져 있다. 색깔이 없는 예쁜 원피스가 그녀의 몸에서 흘러나온 피의 색깔을 입는다.

그 집에 널 데려갈 수 없어.

그녀는 손을 뻗어 곰 인형의 배에 달린 열쇠고리 같은 걸 딱 소리가 날 때까지 돌린다.

"울지 마."

"울지 마."

"슬퍼지면 사탕 먹어."

"슬퍼지면 사탕 먹어."

"사랑해."

"사랑해."

고속도로를 달리는 승용차 조수석에 또다시 인형처럼 앉아 있는 그녀. 색깔이 없는 예쁜 원피스를 입고 두 눈과 입을 꼭 다물고 있다.

아빠가 말한다. "새엄마가 널 기다리고 있단다."

여름방학 동안 그녀는 아빠와 새엄마와 오빠가 함께 살고 있는 집에서 지낼 것이다.

그녀는 새엄마를 보고 싶지 않지만 오빠는 보고 싶다. 그녀에게는 두 살 터울인 오빠가 있다.

그녀는 어떤 방에 들어와 있다.
그녀는 방을 향해 눈을 벌린다.
이상하다, 아무것도 보이지 않는다.
애써 뜬 눈꺼풀이 소리 없이 내려와 그녀의 눈동자를 덮
는다.
오빠는 어디에 있을까?

어떤 방에서 그녀는 액자처럼 벽에 등을 꼭 붙이고 앉아
있다.

어떤 방에서 그녀는 자신의 얼굴이 어디에 있는지 모르겠
다. 자신의 손이 어디에 있는지 모르겠다.
발이 저 어디에 놓여 있는 게 느껴진다.

어떤 방의 문이 열리고 누군가가 들어온다. 그녀는 여전히
벽에 꼭 붙어 앉아 있다. 화장품 냄새로 그녀는 새엄마라는
걸 안다.
새엄마의 목소리. "점심이야."
새엄마는 그녀의 앞에 음식을 놓아둔다. 냄새로 그녀는 라

면이라는 걸 안다.

배고파……. 그녀는 더듬더듬 젓가락을 찾는다. 숟가락만
있다. 그녀는 숟가락으로 라면 가닥들을 잘게 자른다.

어떤 방에 의자가 있다는 걸, 그녀는 의자 다리에 발이 걸
리고 나서야 안다. 그녀는 의자에 앉지 않는다.

어떤 방에 책상이 있다는 걸, 그녀는 책상 모서리에 가슴
이 찔리고 나서야 안다. 그녀는 자신의 점자책과 점판, 점필을
책상 위에 놓아두지 않는다.

어떤 방에 옷장이 있다는 걸, 그녀는 옷장에 어깨를 부딪
히고 나서야 안다. 그녀는 자신의 예쁜 원피스를 옷장에 걸어
두지 않는다.

책장을 넘기는 소리.

"소녀는 개울에다 손을 잠그고 물장난을 하고 있는 것이
다."*

아직 변성기가 오지 않은 남자아이의 목소리가 오빠 목소
리라는 걸 누가 알려 주지 않아도 그녀는 저절로 안다.

다시 책장을 넘기는 소리.

* 황순원 소설 「소나기」

"소녀가 물속에서 무엇을 하나 집어낸다. 하얀 조약돌이었다. 그러고는 훌 일어나 팔짝팔짝 징검다리를 뛰어 건너간다."

오빠 목소리가 너무 예뻐서, 너무 순해서 그녀는 기분 좋은 꿈을 꾸고 있는 것 같다.

그녀는 점판에 점필로 물 ⠿이라고 쓴다.
그녀는 점판에 점필로 *하얀 조약돌* ⠿ ⠿⠿이라고 쓴다.
그녀는 물에서 건진 하얀 조약돌을 만지며 오빠를 기다린다.

그녀는 조금 전까지 하얀 조약돌을 만지던 자신의 손이 어디에 있는지 모르겠다. 그녀는 종종 자신의 손이 어디에 있는지 모르겠다. 그럴 때면 그녀의 손은 어딘가에 잃어버린 장갑 같다.

그녀는 화장실에 가야 할 때만 어떤 방에서 문을 열고 나간다. 새엄마는 불쑥 문을 열고 들어와 빵과 우유를 그녀 앞에 놓아두고 나간다.

어떤 방에서 그녀는 눈을 감고 빵을 먹는다. 어떤 방에서 그녀는 눈을 감고 우유를 마신다.

"절대 문 열지 마."

새엄마는 어떤 방에 요강을 넣어 준다.

문 너머에서 기도하는 목소리들이 들려온다. 일용할 양식을 달라고, 죄를 용서해 달라고, 불쌍히 여겨 달라고, 악에서 구해 달라고, 복을 달라고, 영원히 살게 해 달라고. 기도하는 목소리들 속에는 새엄마의 목소리도 있다.

밤, 아빠와 새엄마가 다투는 소리가 들려온다. 그녀는 자신 때문에 다툰다는 걸 안다. 오빠의 목소리는 들려오지 않는다. 새엄마가 흐느껴 운다.

그녀는 밤이 더 싫어진다.

8

그녀가 떠나 있던 여름방학 동안 복도는 더 길어져 있다. 복도는 점점 길어지고 있다. 그녀는 네모난 플라스틱 쟁반을 양손으로 잡고 복도를 걸어간다. 그녀가 조심조심 발을 내딛는데도 쟁반 위 유리컵들이 진동한다. 유리컵은 모두 여섯 개다. 저녁 자습 시간이 끝나면 그녀는 유리컵들과 퐁퐁, 수세미를 쟁반에 받쳐 들고 공동 세면장으로 가 깨끗이 씻어 온다.

그녀보다 몸집이 큰 어떤 여자아이의 어깨가 그녀의 팔뚝을 쳐 온다. 그녀는 너무 놀라 자신도 모르게 눈을 번쩍 뜬다. 눈꺼풀에 덮여 있던 그녀의 눈동자가 드러난다. 유리컵들이 서로 부딪쳐 쨍쨍 소리를 낸다. 그녀는 가만히 서서 유리컵들이 잠잠해지길 기다린다. 다행히 유리컵을 하나도 떨어뜨리지 않았다. 그녀는 자신이 벌을 받고 있는 것 같다고 생각한다. 눈을 감고 쟁반 위 유리컵 여섯 개를 떨어뜨리지 않고 점점 길어지는 복도 끝까지 걸어가야 하는 벌이다.

그녀는 세면장 세 번째 수도꼭지 밑에 유리컵들을 하나씩 진열하듯 내려놓는다.

9

그녀는 16호실 방에 혼자 누워 있다. 언니들은 집에 갔다. 성희 언니는 천안에 사는 언니 집에 갔다. 곰 인형이 그녀의 옆에 누워 있다. 그녀는 엄지손가락으로 자신의 눈꺼풀을 더듬고 있다. 눈꺼풀은 바스라질 것처럼 메말라 있다. 그녀는 눈꺼풀 아래 눈동자를 느끼는 중이다. 눈동자는 멀리 있다. 눈동자는 그녀의 얼굴보다 멀리 있다. 그래서 눈동자를 느끼려면 숨을 쉬는 게 의식되지 않을 만큼 집중해야 한다.

눈동자가 좀 작아졌나?

눈동자가 좀 멀어졌나?

눈동자는 작아지고 있고, 멀어지고 있다. 그녀는 눈동자가 느껴지지 않을 만큼 멀어질까 봐 겁난다.

손톱깎이를 찾으려 인숙 언니의 책상을 더듬던 그녀의 손에 둥글고 매끈한 게 만져진다. 그녀는 둥근 플라스틱 틀 속에 갇혀 있는 게 거울이라는 걸 안다. 거울은 가득 차 있다. 그리고 텅 비어 있다.

인숙 언니가 거울을 보나?

그녀는 혼자 흰 지팡이도 없이 슈퍼에 빵을 사러 간다. 전학을 오고 단골이 된 슈퍼는 학교 정문에서 200미터쯤 떨어져 있다. 슈퍼에 가려면 횡단보도를 건너야 한다. 그녀는 횡단보도 앞에 서서 차 소리가 들려오지 않을 때까지 기다린다. 문득 그녀의 얼굴이 10시 방향을 향해 들리며 햇빛이 그녀의 콧등, 인중, 입술, 턱, 오른뺨으로 번진다.

그녀는 빛을 못 보지만 세상에는 빛이 있어야 한다고 생각한다.

10

그녀는 눈˛˙˙˙을 만진다.

그녀의 옅은 보랏빛이 감도는 눈꺼풀이 떨린다. 눈꺼풀에 매달린 눈썹들도 떨린다. 눈꺼풀이 파르르 떨리며 떠지다 도로 감긴다.

눈은 점이 여섯 개다. 두 개의 점과 네 개의 점이 합쳐져 눈이 된다. 눈ʙ도 같다. 그러니까 내리는 눈과 얼굴에 있는 눈이 같다. 그녀는 그것이 이상하지 않다.

그녀는 눈을 만지며 눈을 기다린다.

그녀가 기다리던 눈이 내리던 날, 인숙 언니가 그녀에게 말한다.

"미희야, 잘 지내."

그 뒤로 기숙사 어디서도 인숙 언니의 목소리가 들려오지 않는다.

11   열한 살

그녀는 망토를 두르고 거울 앞 의자에 앉아 있다. 망토가 그녀의 자그마한 몸을 폭 덮고 있어서 그녀는 기형적일 만큼 커다란 날개를 달고 태어난 둥지 속 아기 새 같다. 학교 학예회 때 올릴 연극 「백설공주」에서 그녀는 왕비 역을 맡았다. 백설공주 역은 중학생 언니가 맡았다. 그녀는 어째서 초등학생인 자신이 왕비가 되고, 중학생인 언니가 백설공주가 됐는지 궁금하다. 중학생 언니는 조금 볼 수 있다. 그래서 그 언니가 백설공주 역을 맡은 걸까?

백설공주는 거울 너머 숲속 오두막에서 일곱 난쟁이와 함께 산다.

그녀는 거울 말고는 아무것도 없는 곳에서 혼자 산다.

그녀는 자신 앞에 있는 게 그냥 커다란 구멍 같다.

그녀는 거울을 향해 눈을 벌려야 한다. 그리고 말해야 한다.

"거울아, 거울아, 이 세상에서 누가 가장 예쁘니?"

또다시 찾아온 여름방학식 날, 그녀는 강단에 모인 학생들 가운데 앉아 있다. 방학식이 끝나고 아빠가 그녀의 이름을 부르는 소리가 강단 뒤쪽에서 들려온다.

"미희야!"

그녀는 대답하지 않는다.

"미희야!"

그녀는 결코 대답하지 않는다. 그녀는 책을 읽어 주는 오

빠의 목소리가 듣고 싶지만 그 집에 가고 싶지 않다. 다시 그
방에 갇히고 싶지 않다.

12   열세 살

그녀가 찢지 않았는데 곰 인형은 구멍투성이다. 그녀가 실
밥을 잡아 뽑지 않았는데 곰 인형은 실밥투성이다.

그녀는 곰 인형의 배에 달린 열쇠고리 같은 걸 손으로 잡고
시곗바늘이 돌아가는 방향으로 딱 소리가 날 때까지 돌린다.

"잘 잤어?"

곰 인형은 아무 대꾸가 없다.

"밥 먹었어?"

곰 인형은 아무 대꾸가 없다.

"사랑해."

곰 인형은 아무 대꾸가 없다.

그녀는 곰 인형을 끌어안고 있다. 사랑해······. 그녀는 두
눈을 꼭 감고 자기에게만 들릴 만큼 아주 작은 소리로 중얼
거린다.

언니들이 그녀의 곰 인형을 데려간다.

그녀는 언니들에게 곰 인형을 어디로 데려가는지 묻지 않는다.

언니들이 돌아온다.

그녀는 언니들에게 곰 인형을 어디에 버렸는지 묻지 않는다.

13 안마 실습 시간

그녀 앞에 여자아이가 누워 있다. 그녀보다 몸집이 큰 여자아이는 그녀처럼 빛도 보지 못한다.

그녀의 보이지 않는 손가락이 여자아이의 보이지 않는 목을 더듬는다.

살갗,

뼈,

핏줄,

피.

그녀가 화들짝 놀라며 뒷걸음질한다.

여자아이의 딱딱하고 물컹한 목에서 작은 물고기 같은 게 팔딱거렸다.

14 눈송이

눈송이 하나가 그녀의 눈꺼풀에 떨어진다. 차갑다. 눈꺼풀
에 눈송이가 녹아드는 게 느껴진다. 그녀는 슈퍼에 비누와 생
리대를 사러 가는 길이다. 그녀는 어깻죽지까지 기른 머리를
목덜미께서 묶고 목에 털실 목도리를 둘렀다. 그녀는 얼마 전
열아홉 살이 됐다.

눈송이 하나가 또 그녀의 눈꺼풀에 떨어진다.

눈꺼풀에 눈송이가 녹아드는 시간이 그녀는 영원 같다.

4장

1   스무 살

그녀   엄마, 난 어디에 있어?

엄마   여기 있잖아.

그녀   여기?

엄마   여기.

그녀   여기가 어딘데?

엄마   여기 앞에 있잖아.

그녀   여기 앞이 어딘데?

그녀는 학교를 떠나 엄마와 함께 살고 있다.

그녀   엄마, 계단이 있으면 얘기해 줘.

          엄마, 계단이 있으면 얘기해 달라고 했잖아.

엄마의 손이 그녀의 손을 어딘가로 이끈다.

엄마   만져 봐. 예쁜 거야.

그녀   가운데가 비었네.

엄마   나팔꽃이야.

엄마의 손이 그녀의 손을 또 어딘가로 이끈다.

엄마   만져 봐. 예쁜 거야.

그녀   가운데가 꽉 찼네.

엄마   국화꽃이야.

엄마는 꽃들의 색깔을 그녀에게 알려 주지 않는다. 원피스의 색
깔을 알려 주지 않는 것과 똑같다. 그래서 꽃들은 색깔이 없다.

그녀는 지하철역 근처 화장품 가게에 들어와 있다.

그녀   내게 어울리는 립스틱을 골라 주세요.

그녀는 서울 고속버스 터미널 지하상가 옷 가게에 들어와 있다.

그녀   내게 어울리는 블라우스를 골라 주세요.

그녀는 명동 거리에 있는 구두 가게에 들어와 있다.

그녀   내 발에 맞는 구두를 골라 주세요.

그녀는 거울 앞에 앉아 화장을 한다. 그녀는 두 눈을 물끄러미 감고 화장을 한다. 거울은 그녀가 망토를 두르고 마주앉았던 거울보다 작다.

분을 발라 희어진 그녀의 얼굴은 부분월식 중인 지구의 검은 그림자처럼 거울에서 살짝 어긋나 있다.

그녀의 화장한 얼굴이 버스 차창에 낮달처럼 떠오른다.

그녀 옆에 엄마가 앉아 있다. 엄마는 그녀를 보험회사 빌딩 정문까지 데려다주고 다시 집으로 돌아갈 것이다. 그녀는 얼마 전 보험회사에 헬스키퍼로 취직했다.

버스가 갑자기 흔들린다. 그녀의 두 귀에 달린 별 모양의 은빛 귀고리가 흔들린다.

그녀는 라디오를 틀고, 세면대에서 손을 씻고, 아카시아 향

로션을 손에 바른다. 라디오에서 모차르트의 피아노곡이 흐른다. 그녀는 라디오 볼륨을 조금 낮춘다.

그녀 앞에 여자가 누워 있다.

그녀 앞에 남자가 누워 있다.

그녀 앞에 빈 침대가 누워 있다.

그녀 앞에 *그녀* ˙ : ¨¨ : ·가 누워 있다.

2   사랑

그녀   눈동자가 멀리 있네요.

그녀의 손은 남자의 얼굴 위에 잠든 새처럼 놓여 있다. 남자는 안마사이고 기타를 친다. 남자의 벌어진 입에서 토해지는 숨에 그녀의 손바닥이 데워진다.

그녀   내 눈동자보다 더 멀리 있어요.

눈동자가 태어났을 때부터 멀리 있었어요?

남자　　내가 아기 때부터 버릇처럼 눈을 자꾸 눌러서 눈
　　　　동자가 멀어졌대요. 손가락으로, 손바닥으로, 장
　　　　난감으로.

그녀　　왜 웃는 거예요?

남자　　소리를 내지 않았는데 내가 웃는 걸 어떻게 알았
　　　　어요?

그녀　　몰래 웃는 걸 봤으니까요. 근데 왜 소리를 안 내
　　　　고 웃어요?

남자　　소리 내고 웃을 줄 모르니까요.

남자는 그녀를 자신의 어머니에게 데려간다.

남자의 어머니　볼 수 있는 아가씨면 좋을 텐데. 우리 아들이
　　　　전혀 못 보니까, 조금이라도 볼 수 있어서 우리 아
　　　　들 챙겨 줄 수 있는 아가씨면······.

그녀는 처음 보는 여인 앞에서 운다.

깊은 밤, 그녀는 잠들지 못하고 깨어 있다. 그녀는 오른손을 들어 얼굴로 가져간다. 엄지손가락 끝으로 수면 위에 점을 찍듯 눈꺼풀을 만진다.

눈동자가 좀 작아졌나?

눈동자가 좀 멀어졌나?

그녀는 고장 난 초인종을 누르는 심정으로 눈꺼풀 아래 눈동자를 손가락으로 꾹 누른다.

더 작아지면 안 되는데…….

더 멀어지면 안 되는데…….

그녀는 새하얀 웨딩드레스를 입고 신부 대기실 의자에 앉아 있다. 그녀는 자신이 커다란 눈송이에 파묻혀 있는 것 같다.

그녀가 망토를 두르고 마주 앉았던 거울보다 스무 배는 커다란 거울이 그녀 뒤에 벽처럼 서 있다.

거울 속에 눈동자들이 물고기처럼 떠오른다. 눈동자들은 일제히 그녀를 향하고 있다.

그녀는 문득 무섭다. 문득 너무 무서워서 자신의 손에 들린 꽃 색깔을 그만 잊어버린다.

3

"낳고 싶어."

"낳을 거야."

4   딸

간호사   공주님이에요, 아기 얼굴을 만져 보세요.

그녀   어떻게 만져요?

간호사   살살 만지면 돼요.

그녀   못 만지겠어요.

간호사   아기가 날 보고 웃네요.

그녀   (눈을 뜨며) 만져 볼래요.

간호사는 아기를 그녀에게 안겨 주고 병실을 나간다.

그녀   (속삭이는 목소리로) 내가 엄마야. 엄마 얼굴 기억해
        야 해. 엄마 목소리 기억해야 해.

그녀는 물 위에 점을 찍듯 아기의 이마를, 눈썹을, 관자놀이를, 볼을, 코를, 인중을, 입을 만진다.

간호사는 아직 돌아오지 않고 있다.

그녀   저기요, 저기요, 누구 없어요?

간호사가 급하게 뛰어 들어온다.

그녀   (겁에 질려 울먹이는 목소리로) 아기가 가만히 있어요. 아기가 왜 가만히 있는 걸까요?

간호사   (그녀의 품에 안긴 아기를 바라보며) 아기가 엄마를 바라보며 웃고 있네요.

간호사는 다시 병실을 나간다.

그녀   (혼잣말로, 파르르 떨리는 눈꺼풀을 한껏 뜨려 애쓰며) 나도 보고 싶어. 너와 눈을 맞추고 싶어. 눈을 맞추는 게 뭘까? 눈을 맞추며 웃는 게 뭘까? 아기와 눈을 맞추고 싶은데…….

그녀는 엄지손가락 끝으로 아기의 얼굴을 더듬어 눈동자가 어디쯤에 있는지 살핀다. 자신의 눈동자와 아기의 눈동자 위치를 맞춘다. 감긴 눈꺼풀이 더는 떠지지 않을 때까지 뜬다. 입술을 최대한 길게 벌리며 입꼬리를 올린다.

그녀   무슨 표정 짓고 있어? 무슨 표정으로 엄마 바라
                보고 있어?

그녀는 손으로 아기의 다리를 잡고 흔든다. 손가락으로 아기의 종아리를 간지럼 태운다. 아기가 소리 내 웃는다.

그녀   웃음소리를 들려줘서 고마워.

*

그녀는 아기를 안고 물 앞에 앉아 있다. 왼팔로 아기를 감싸듯 안고 왼손을 플라타너스 나뭇잎처럼 펼쳐 아기의 머리를 받치고 있다. 태어난 지 한 달 조금 지난 아기는 제법 묵직하다. 버둥거리는 팔과 다리에서 힘이 느껴진다. 아기의 성글지만 곱슬곱슬한 머리카락이 그녀의 손바닥을 간질인다.

그녀   눈 뜨고 있어?

그녀는 오른손 엄지손가락으로 아기의 얼굴을 살살 만지기 시작한다. 마치 물감이 덜 마른 그림을 만지듯, 물감이 손에 묻어날까 염려돼서가 아니라 물감을 번지게 해 그림을 망쳐 버릴까 봐 겁이 나는 듯.

아기의 코를 만지던 그녀의 손가락이 미끄럼을 타듯 콧등을 타고 올라간다. 미간을 머뭇머뭇 만지다 눈썹을 쓸듯 만진다.

그녀   (혼잣말로) 눈동자를 찌를까 봐 겁이 나.

그녀는 아기의 얼굴을 만지던 손가락을 물속에 넣는다. 작은 원을 한 번은 작게, 한 번은 크게 그린다.

그녀   엄마가 얼굴 씻겨 줄게.

                          *

그녀   어떻게 알았어? 엄마가 보지 못한다는 걸 어떻게
            알았어? 정말 알고 있는 거야?

그녀   *엄마는 못 봐.*
            알아야 해, 엄마가 보지 못한다는 걸 알아야 해.

＊

그녀	엄마가 얼굴 씻겨 줄게.
딸	싫어.
그녀	엄마가 씻겨 주고 싶은데…….
딸	내가 씻을 거야.
그녀	얼굴은 엄마가 씻겨 주는 거야.
딸	일곱 살이니까 내가 씻을 거야.

＊

그녀의 발 앞에 깨진 유리컵 조각들이 널려 있다.

| 딸 | 엄마, 컵 깼어? |
| 그녀 | 가까이 오지 마. 엄마가 치울 거야. |

그녀는 깨진 유리컵 조각들 앞에 몸을 웅크리고 앉는다.

그녀는 손가락을 벌리고, 손가락의 힘을 빼고, 몹시 천천히, 잔잔한 물결이 이는 수면을 쓸듯 부엌 바닥을 더듬는다. 유리컵 조각이 손가락에 걸려 온다. 그녀는 그것을 줍는다. 바닥을 다시 더듬는다. 조기 비늘처럼 작은 유리컵 조각이 그녀의 손가락을 찔러 온다.

그녀의 손가락에서 흐르는 피를 딸이 보고 있다.

5   아들

아들   엄마한테 내 눈동자 하나를 주고 싶어.

그녀   그러지 마.

아들   주고 싶어.

그녀   그럴 수 없어.

아들   주고 싶어.

그녀   그래선 안 돼.

여덟 살인 그녀의 아들이 새장 앞에 서 있다. 둥지 속 초코*를 바라보고 있다.

그녀   둥지 속에 아기 새가 없지?

아들   엄마, 아기 새는 없어.

그녀   새장 문을 열어!

* 암컷 백문조의 이름.

아들이 새장 문을 연다. 우유*가 새장에서 날아오른다. 초코가 둥지에서 나와 새장에서 날아오른다.

둥지는 작다.

그녀의 손은 더 작다.

그래서 그녀는 손을 둥지 속에 넣을 수 있다.

둥지는 조금 거친 털실로 뜬 장갑 같다.

그녀   (혼잣말로) 부화하지 않는 알을 초코가 계속 품고
                있게 둘 수는 없어.

그녀의 손이 초코가 방금까지 품고 있던 알을 움켜잡는다. 알은 아몬드만 하다.

그녀   아직 따뜻하네.

그녀가 알을 빈 그릇에 두드려 깨뜨리는 걸 아들이 바라보고 있다.

* 수컷 백문조의 이름.

6 화장

화장대 앞, 그녀와 딸이 마주 앉아 있다. 어느새 열한 살이 된 딸
이 그녀의 볼에 파우더를 바른다. 그녀는 두 눈을 감고 딸에게 얼굴
을 맡긴 채 석고상처럼 앉아 있다. 그녀는 오늘 사람들 앞에서 노래
를 부를 것이다.

딸   예쁘게, 예쁘게……. 엄마 얼굴은 따뜻하고 순진
해. 엄마 얼굴은 동그랗고…… 내 얼굴하고 닮았
어……. 엄마 얼굴에서 눈썹이 가장 예뻐. 엄마 입
술은…… 예쁘게, 예쁘게…… 엄마 입술에 복숭
아 색깔 립스틱을 바를 거야. 예쁘게, 예쁘게…….
노래하는 여자들 중에 엄마가 노래를 가장 잘했
으면 좋겠어. 노래하는 여자들 중에 엄마 얼굴
이 가장 예뻤으면 좋겠어. 사람들이 엄마 얼굴
만 바라봤으면 좋겠어, 엄마가 노래할 때, 엄마가
노래할 때…… 엄마 얼굴이 슬퍼 보이면 나도 슬
퍼……. 엄마 얼굴은 자주 슬퍼…….

5장

1

오후 4시. 그녀는 화장대 거울 앞에, 딸은 식탁에 앉아 있다. 화
장대와 식탁 사이에는 흰 문이 있다.

그녀   딸이 날 바라보려 하지 않아요.

                날 바라보려고도 하지 않지만 내가 다시 노래를 부
                르게 되면 내 얼굴에 화장을 해 줄 거예요.

                딸이 날 바라보려 하지 않는다는 걸 나는 어떻게
                알까요?

                식탁에 아직 내 딸이 있어요.

그녀가 몸을 일으킨다. 그녀는 화장대 거울이 출렁인다고 느낀다. 그녀는 흰 문으로 걸어간다. 그녀는 소리 나지 않게 흰 문을 닫는다. 다시 화장대 거울 앞으로 와서 앉는다.

그녀   나는 조용히 있고 싶어요. 나는 때때로 혼자 조용
         히 있고 싶어요.

그녀는 몸을 일으킨다. 그녀는 화장대 거울이 아까보다 더 크게 출렁인다고 느낀다.
그녀는 흰 문으로 걸어간다. 흰 문을 연다.

그녀   내 딸이 저곳에 없네요.

2

오후 6시. 한여름이어서 거리는 아직 환하다. 집에는 그녀 혼자다. 그녀는 부엌에서 도마 앞에 서 있다. 집의 모든 문이 그녀를 향해 열려 있다. 집의 모든 문은 흰 문이다.
식탁 위에는 삶은 옥수수 여섯 개가 담긴 바구니가 놓여 있다.

그녀   내 손이 죽은 물고기의 얼굴을 만지고 있어요. 물
컹하고 두툼하고…… 세모 모양이에요.

나는 살아 있는 물고기는 만져 본 적 없어요. 살
아 있는 물고기는 물속에 있어요.

내 손이 죽은 물고기의 볼을 만져요. 주머니 같은
게 볼에 달려 있어요.

내 손이 죽은 물고기의 입을 만져요. 벌어져 있어
요. 부러진 가시 같은 이빨이 입 둘레에 촘촘히
나 있어요.

내 손가락이 죽은 물고기의 눈동자를 만져요. 물
고기의 눈동자는…… 내 블라우스 단추 같아요.
블라우스 색깔은…… 알았는데 잊어버렸어요.

그녀는 개수대 앞에 서 있다. 수도꼭지에서 물이 흐르고 있다.

그녀   내 손이 죽은 물고기의 얼굴을 씻겨요.

내 손이 죽은 물고기의 눈동자를 씻겨요.

6장

1

밤 9시. 그녀는 아이들의 양말을 개고 있다. 밤이 어서 깊어지길 기다리고 있다. 그녀는 양말을 나팔꽃 모양으로 접는다. 그녀는 아들의 파란 양말을 개다 말고 손을 넣어 본다. 양말은 그녀의 손보다 조금 크다. 그녀는 자신의 손이 마저 자랐다면 양말에 딱 맞았을 거라고 생각한다. 그녀의 손은 열 살 이후로 자라지 않았다. 그녀는 딸의 노란 양말 속에 손을 넣어 본다. 양말은 그녀의 손보다 한참 크다. 양말 속에 손을 집어넣고 그녀는 문득 중얼거린다. "인숙 언니, 보고 싶어……." 성희 언니는 세상 어딘가에서 목도리와 모자를 뜨고 있을 것이다. 그녀는 성희 언니가 뜨개질하는 소리를 듣곤 한다. 지난밤에도 소리를 들었다. 앙고라실로 뜨개질하는 소리였다.
그녀는 눈꺼풀을 떴다 감으며 "성희 언니가 목도리를 뜨고 있네." 하
고 중얼거렸다. 성희 언니는 앙고라실로는 모자를 뜨지 않는다.

그녀   세상 어디선가 문이 열리고 있어요. 들어오라고,
      어서 들어오라고.
      나는 밤이 깊어지길 기다리고 있어요.
      밤이 깊어지면 새장 위로 달이 떠오를 거예요. 나
      팔꽃을 닮은 돌멩이 하나가 세상 어디선가 태어
      날 거예요.
      내 아이들은 벌써 새장을 찾아 떠났어요.
      백문조들은 아직 모르고 있어요.
      새장을 찾아가는 동안에는 아이들이 서로 다투
      지 않아요. 아이들이 다투면 나는 슬퍼요, 겁이
      나요.

나팔꽃 양말들이 그녀를 둘러싸고 피어 있다.

그녀   새장을 찾아 떠나려는 아이들에게 나는 말했
      어요.
      집의 모든 창문을 닫아!

집의 모든 문을 열어!

집의 모든 불을 켜!

오늘 밤 내 집은 세상에서 가장 밝은 집이 될 거
예요.

그녀   내 아이들이 살금살금 새장으로 다가가고 있어
요. 횃대에 앉아 꾸벅꾸벅 졸던 우유가 깨어나고
있어요.

아이들이 새장 문을 열려고 해요. 우리 집 새장
문이 열리고 있어요, 세상의 모든 새장 문이 열리
고 있어요.

우유가 횃대에서 날아올라요. 둥지보다 높이 날
아올라요. 둥지 속 초코가 둥지에서 나와 날아올
라요.

우유와 초코가 새장보다 높이 날아올라요.

아들   엄마, 우유가 칫솔에 앉았어!

딸   엄마, 우유가 국자에 앉았어.

그녀   *아직 새장에서 날아오르지 못한 새가 있어요.*

딸　　　　　엄마, 우유가 국자를 꼬리처럼 매달고 날아가. 날
　　　　　아가며 똥을 쏴.

아들　　　　엄마, 초코가 시계 위에 앉았어!

딸　　　　　엄마, 초코가 시계를 물고 날아가!

아들　　　　엄마. 초코가 시계를 세탁기 속에 떨어뜨렸어.

그녀　　　　*아직 새장에서 날아오르지 못한 새가 있어요.*

2

그녀가 아이들에게 말한다.
"불을 꺼."
아이들이 집의 불을 하나씩 끄기 시작한다. 아이들은 엄마를 비
추고 있는 불을 가장 마지막에 끈다.

그녀　　　　갑자기 어둠이 닥치면 새들은 너무 놀라 돌이
　　　　　돼요.

그녀는 아이들이 살금살금 백문조들에게 다가가는 발소리를 듣는다. 아들이 그녀에게 다가오는 발소리를 듣는다.

아들은 엄마의 손등에 우유를 놓아준다. 우유는 가만히 있는다.

그녀는 얼굴을 숙이고 우유의 날개에 입술을 맞춘다.

하얀 깃털들이 그녀의 입술에 묻어난다. 하얀 깃털들이 그녀의 입술에서 하얗게, 하얗게 물거품처럼 터진다. 그녀는 입술이 간지러워서 웃는다.

한순간 음 소거 되듯 웃음이 멎고,

그녀   *아직 새장에서 날아오르지 못한 새가 있어요.*

파도를 만지는 남자

1

보려는 몸짓.

보는 몸짓.

그런 게 아직 내 몸에 남아 있어요.

나는 응시라는 걸 몰라요.

또 누가 있나요?

(정면을 향해 밝고 상냥한 목소리로) 안녕하세요?

(고개를 살짝 갸웃하며) 안녕하세요?

아무도 없나요?

2

나는 서 있어요.
그리고 어디선가 문™이 떠오르고 있어요.

내가 보이나요?

창문은 멀리 있어요. 창문은 멀리 있는 것이니까요, 창문
은 내 방에 있으면서 멀리 있는 것이니까요.
나도 멀리 있나요?
나는 무엇으로부터 멀리 있나요?

지나고 나서야 알아요.
그 또한,
지나고 나서야 느껴요.

보고 싶은 마음은 그대로 있어요.

나는 보인다는 게 뭔지 알아요.

나는 잘 보인다는 게 뭔지 몰라요.

'저것 좀 봐.' 소리가 들려오면 나도 모르게 보는 시늉을 해
요. 나는 보았던 적이 있으니까요. 내가 보고 있다고 착각하
기도 해요. 문 열리는 소리가 들리면 나는 고개를 들어 문 쪽
을 바라봐요. 누군가 문을 열고 들어서는 걸 내가 보고 있다
고 생각해요.

3

아, 파도가 떠오르네요, 파도가 떠올라요.

나는 바다를 찾아가는 길이에요. 나는 바다를 보려 바다
를 찾아가는 건 아니에요. 바다는 볼 수 없어요. 우리는 바다
를 볼 수 없어요.

우리가 보았던 것은 바다가 아니라 파도예요.

파도는 부서지고, 끓고, 부풀어 오르고, 밀려오고 밀려가
고, 솟구치고 가라앉고, 물방울을 튕기고…… 파도는 하얀색

이에요.

나는 하얀색을 알아요.

빨주노초파남보에는 하얀색이 없어요.

하얀색은 솜털, 공책, 토끼.

나는 하얀색을 산책시켜 주고 싶었어요.

내 왼쪽 눈동자가 아직 확대경 너머의 글자를 볼 수 있을 때였어요. 대학교 입시에 떨어지고 종일 혼자 집에서 지냈어요. 집 밖을 나서는 게 몹시 두려우면서도 불쑥 멀리 가고 싶은 충동을 느끼곤 했어요. 그런 날이면 집 근처 지하철역으로 가 3호선을 타고 종착역까지 갔다 되돌아왔어요. 어느 월요일이었어요. 특별한 날도 아닌데 대학생이던 형이 내게 하얀색(토끼)을 선물했어요. 나는 하얀색에게 연두색(상추)을 줬어요. 나는 하얀색이 연두색을 먹는 소리를 들었어요. 색종이를 접을 때 나는 소리하고 비슷했어요. 하얀색은 연두색을 먹고 다시 하얀색이 됐어요. 나는 하얀색을 만지지 못했어요. 하얀색은 살아 있었어요. 나는 살아 있는 걸 만지는 게 겁났어요. 나는 다른 하얀색(헝겊 오리 인형)은 만졌어요. 밤에 불을 끄고 침대에 누워 잠들길 기다리는데 하얀색이 깡충깡충 뛰는 소리가 들려왔어요. 화요일에도 나는 하얀색에게 연두색을 줬어요. 하얀색은 연두색을 먹고 또다시 하얀색이 됐어요. 나

는 하얀색을 산책시켜 주고 싶었어요. 수요일에도 나는 하얀
색에게 연두색을 줬어요. 목요일에도 연두색을 줬어요. 하얀
색이 연두색을 먹는 소리가 잠깐 들려오다 말았어요. 먹다 만
연두색이 하얀색 앞에 놓여 있었어요. 연두색은 시들어 갈색
이 돼 갔어요. 밤이 되고 불을 끄고 침대에 누운 내가 잠들도
록 하얀색이 뛰는 소리가 들려오지 않았어요. 금요일에도 나
는 하얀색에게 연두색을 줬어요. 토요일 아침이었어요. 내가
금요일에 준 연두색이 갈색이 돼 하얀색 앞에 놓여 있었어요.
갈색 옆에 연두색을 놓아두려는 내게 아버지가 말했어요. "하
얀색이 죽었구나."

내가 하얀색을 잊어도 하얀색은 있어요.
내가 하얀색을 잊어도 하얀색은 죽어요.

4

나는 빨간색을 알아요, 새빨간색은 몰라요.
빨간색은 빨간색이에요.
내게 색깔은 색깔 이름이에요.

빨간색은 피어나 빨간색 카네이션이 됐어요. 빨간색 오토
바이가 됐어요. 빨간색 전화기가 됐어요.

빨간색 전화기가 피어나 녹색 전화기가 됐어요. 새벽 3시에
녹색 전화기가 울었어요.

녹색 전화기에서 목소리가 흘러나왔어요.

"내게 당신 목소리를 들려주겠어요?"

당신이 내게 목소리를 들려주면 오늘 밤 내 꿈에 당신 목
소리가 다녀갈지 몰라요.

5

계단은 중요하지 않아요.
그 또한,
계단은 두렵지 않아요.

계단은 나 혼자 내려갈래요,
그 계단에는 바람이 불지 않아요. 그때 나는 스물일곱 살이
었어요. 나는 그 계단을 찾아갔어요. 추운 겨울날이었고 자정

이 지난 늦은 시간이었어요. 그 시간에 나 혼자 걸어서 찾아갈 수 있는 곳이 그 계단뿐이었어요. 지하철역 계단이었어요. 몇 번 출구였는지는 모르겠어요. 마지막 지하철이 끊겨 발소리가 하나도 들려오지 않았어요. 나는 계단으로 발을 내디뎠어요. 한 계단, 두 계단, 세 계단, 네 계단…… 열 계단. 밤새 내려가도 끝나지 않을 만큼 깊은 계단이 내 발아래 펼쳐져 있는 것 같았지만 나는 계단을 더 내려가지 않았어요. 나는 계단에 웅크리고 앉았어요. 그러고 울기 시작했어요. 그 계단에는 나 말고 아무도 없었어요. 거리에 바람이 매섭게 불었지만 그 *계단에는 바람이 불지 않았어요.*

흰 지팡이를 짚고 다니기 시작한 뒤로 계단을 세지 않아요. 흰 지팡이를 짚으며 걸어가는 내 모습을 부모님께 보이고 싶지 않아요.

어디선가 문이 계속 떠올라요.
계단 위 문.
계단 아래 문.
유리 문, 쇠문, 나무 문, 종이 문, 열려 있는 문, 열리고 있는 문, 닫힌 문, 닫히고 있는 문, 갈색 문.
내 앞에 문이 있었어요. 문 색깔은 모르겠어요. 나는 문을 열려고 했어요. 문이 열리지 않았어요. 나는 계속 문을 열려고 했어요. 문은 계속 열리지 않았어요. 옆으로 밀어서 열어야 하는 문을 앞으로 밀어서 열려 하고 있었어요.

열차 철문이 닫히고 있었어요. 닫히고 있는 게 내 눈에 보이지 않았어요. 철문에 내 손가락이 끼이고 나서야 닫히고 있었다는 걸 알았어요. 선로에 열차 바퀴 구르는 소리가 커서 철문 닫히는 소리를 못 들었어요. 나는 철문에 손가락이 낀 채 열차에 실려 갔어요.

노란색 문은 없어요.

노란색은 착해요.
노란색은 병아리.
찾아야 해요.
비밀이에요.

그 문은 무슨 색깔인가요?

나는 문에 대고 인사했어요.
나는 벽에 대고 인사했어요.
나는 빈 의자에 대고 인사했어요.

나는 빈 책상에 대고 인사했어요.

나는 빈 교실에 대고 인사했어요.

나는 빈 복도에 대고 인사했어요.

나는 빈 엘리베이터에 대고 인사했어요.

나는 거울에 대고 인사했어요. 나는 나에게 인사했어요.

나는 시계에 대고 인사했어요. 나는 시간에 대고 인사하지는 않았어요.

나는 회전문 앞에 마냥 서 있었어요.

6

파도를 만지고 싶어요.

며칠 전부터 파도를 만지고 싶었어요. 나는 혼자 바다를 찾아갈 거예요. 나는 바다 가까이는 갈 수 있을 거예요. 내가 집을 나설 때 어머니는 색종이로 튤립을 접고 계셨어요. 색종이로 튤립을 접는 소리는 튤립이 피어나는 소리를 닮았어요. 내가 집을 나선 지 얼마 안 돼 갑자기 비가 내리기 시작했어요. 빗소리가 새소리를 지웠어요. 빗소리가 발소리를 지웠어요. 빗소리가 길을 지웠어요. 나는 방향을 잃고 서 버려요.

눈은 새소리를 지우지 않아요. 눈은 발소리를 지우지 않아요. 눈은 길을 지우지 않아요. 그래서 눈이 내리는 날 나는 방향을 잃지 않아요.

내 손이 파도를 만지면 내 앞에 바다가 펼쳐져요.

바다는 파란색이에요, 파란색이 아니에요, 바다는 여러 색이에요. 30년 전에 형과 함께 봤던 주문진 앞바다를 나는 파란색으로 기억하고 있어요. 그곳에 가면 파란 수영복을 입고 파란 물안경을 쓴 소년이 튜브를 타고 파도 위에 떠 있어요. 뭉게구름, 황금빛 태양, 수평선 가까이 떠 있는 회색 바위, 바다를 바라보며 앉아 있는 사람들, 파란색과 흰색이 줄무늬가 섞여 있는 파라솔, 흰 플라스틱 의자, 흰 플라스틱 테이블, 노란색 공······ 갈매기는 보지 못했어요. *나는 날아다니는 걸 못 봐요. 날아다니는 건 찾아야 해요. 그런데 내가 찾기 전에 날아가 버려요.* 튜브는 검은색이고 도넛 모양이에요. 소년이 튜브와 함께 수평선 쪽으로 밀려나요.

나는 수평선을 봤어요,

나는 지평선은 보지 못했어요.

소년은 튜브와 함께 점점 더 수평선 쪽으로 밀려나고 있어요.

나는 수평선을 못 봤는지도 몰라요. 수평선은 창문처럼 멀리 있는 것이에요. 나는 멀리 있는 것을 보지 못했어요. 내가 혼자 바다를 찾아갈 거라는 걸 가을이가 느꼈던 걸까요. 두 주 전쯤이었어요. 3교시 영어 수업이 끝나고 복도에서 가을이가 내게 물었어요.

"선생님, 혼자서 갈 수 있어요?"

7   4학년 영어 수업   1

시간은 12시 10분을 지나고 있지만 교실 흰 벽에 걸린 바늘시계는 8시 24분을 가리키고 있다. 교실 한가운데 여섯 명의 아이*가 둘씩 책상을 마주붙이고 서로 마주보고 앉아 있다. 아이들은 열 살이고 다섯 명은 빛조차 보지 못하는 전맹이다. 나머지 한 명(유리)은 빛과 사물을 아주 어렴풋이 볼 수 있다.

여섯 명의 아이들은 서로 다른 곳을 바라보고 있다.

고개를 외로 떨어뜨리고 있던 미솔이 의자에서 갑자기 벌떡 일어선다.

* 미솔, 가을, 유리, 지우, 정욱, 민희.

나	(평소보다 한 톤 높고 약간 빠른 목소리로) 롱 타임 노 시. 여러분 오랜만이에요.
아이들	(높고 밝은 목소리로) 롱 타임 노 시.
나	나는 여러분이 많이 보고 싶었어요. 여러분들도 내가 보고 싶었어요?
지우·민희	(이중창을 부르듯) 아니요.
가을	(오른손을 책상보다 높이 들어 올리며 가늘고, 약간 더 듬거리는 목소리로) 선생님, 나는 선생님이 보고 싶었어요.

미솔이 의자에 도로 앉는다. 풍선 바람이 빠지듯 어깨와 팔을 축 늘어뜨린다.

가을	선생님, 저는 어제 이사했어요.

미솔이 의자에서 또다시 벌떡 일어선다.

가을	*저는 멀리 갔어요.*

미솔이 폴짝 뜀박질하듯 의자에서 한 발짝 떨어진다.

가을	*저는 아주 멀리는 안 갔어요.*

정욱이 몹시 느리고 낮고 굵은 목소리로 혼잣말을 중얼거리며 고
개를 숙인다.

나	오늘은 물건 사고파는 걸 영어로 해 볼 거예요. 지난 시간에 선생님이 팔고 싶은 물건을 하나씩 가져오라고 했지요? 자, 우리 어떤 물건을 가지고 왔는지 차례로 말해 볼까요? 미솔이부터 말해 볼래요?
미솔	(춤추듯 두 팔을 흔들며) *나는 소금을 팔러 왔어요, 나는 소금을 팔러 왔어요.*
유리	(꼿꼿한 자세로 앞을 응시하며, 말썽 부리는 아이를 타이르는 것 같은 목소리로) 미솔아, 미솔아.
유리	(헝겊으로 만든 파란 돌고래 인형을 손으로 만지작거리며) 저는 돌고래 인형이요.
가을	저는 네잎클로버 열쇠고리요.
지우	저는 손수건이요.
가을	열쇠고리에 열쇠는 없어요. 열쇠는…… 잃어버렸어요……. 제가 잃어버리진 않았어요.
민희	(색종이를 양손으로 잡고) *선생님, 그런데 시간이 다*

갈 것 같아요.

나   자, 모두 따라해 보세요. 디스 이즈 마이 스커트.

가을·유리·민희   디스 이즈 마이 스커트.

나   아이 라이크 디스 스커트. 나는 이 스커트를 좋아
         해. 디스 스커트 이즈 세븐 헌드레드 원. 이 스커
         트는 700원이야.

민희   싸다, 싸.

나   자, 정욱이 한번 따라해 볼까요? 이것은 내 스웨
         터야. 디스 이즈 마이 스웨터.

정욱의 중얼거리는 소리가 커진다. 미솔은 시무룩한 표정으로 의
자 뒤에 서 있다.

유리   (엄마가 보채는 아이를 달래는 것 같은 목소리로, 맞은
         편에 앉아 있는 정욱을 향해) 정욱아, 정욱아, 따라
         해 봐.

민희   선생님, 색종이는 영어로 뭐예요?

나   컬러드 페이퍼. 색종이는 영어로 컬러드 페이퍼예
         요. 자, 우리 모두 따라해 볼까요? 컬러드 페이퍼.

미솔   *나는 소금을 팔러 왔어요, 나는 소금을 팔러 왔어요.*

유리   미솔아, 미솔아.

미솔은 금방이라도 어딘가로 날아갈 듯 양 팔을 날갯짓하듯 흔
든다. 미솔은 아무 데로도 가지 않는다, 가지 못한다.

민희   (애가 타는 목소리로) **선생님, 그런데 시간이 다 갈 것
             같아요.**
나   자, 따라해 보세요. 디스 이즈 마이 컬러드 페이퍼.
가을·유리·민희·지우   디스 이즈 마이 컬러드 페이퍼.

다른 아이들이 합창하는 동안 정욱은 입을 꾹 다문 채 책상을 내
려다보고 있다. 책상은 비어 있다.

나   누가 먼저 해 볼까요?
미솔   **나는 소금을 팔러 왔어요.**
가을   선생님, 저요, 제가 팔 거예요.
나   우리 영어로 해 볼까요? 열쇠고리는 영어로 키 링
             이에요. 디스 이즈 마이 키 링.
가을   디스 이즈…….
지우   (새침한 목소리로) **다음은 내 차례야.**
가을   선생님, 그런데 열쇠요……. 그걸 제가 잃어버리지

않았어요……. 그게 그러니까……. 열쇠고리가 제 잠바 주머니에 있었거든요……. 제가 아침에 학교에 가려고 잠바를 입고…… 열쇠고리를 잠바주머니에 넣으며 *제가 분명히 봤거든요. 열쇠고리에 열쇠가 달려 있는 걸 제가 분명히 봤거든요.* 그런데 학교 끝나고 집에 가 제 방문을 따려고 열쇠고리를 잠바 주머니에서 꺼냈는데 열쇠가 사라지고 없는 거예요. 사라진 열쇠가 제 방문 열쇠거든요. 선생님, 열쇠가 어디로 갔을까요?

나　　　열쇠가 어디로 갔을까?

가을　　*열쇠고리에 열쇠가 달려 있는 걸 제가 분명히 봤거든요.*

나　　　열쇠는 눈처럼 녹아 없어지는 게 아니니까 어딘가에 있을 거예요. 선생님은 가을이 열쇠를 찾길 바라요.

가을　　아…… 안 찾아도 돼요. 그게 그러니까…… 왜 안 찾아도 되냐면요……. 열쇠가 내 방문 열쇠거든요. 그런데 이사해서 내 방이 바뀌었거든요. 내가 왜 내 방문을 열쇠로 잠그고 다녔냐면요, 내 동생이 내 방에 몰래 들어와서 내 인형을 가져가서요……. 내 오리 인형, 내 강아지 인형, 내 곰 인

형……. 그래서 열쇠로 방문을 잠그고 다녔거든
요……. 내가 방에 있을 때도 몰래 들어와 내 인형
을 가져갔어요…….

미솔   **나는 소금을 팔러 왔어요.**

민희   **선생님, 시간이 다 갈 것 같아요.**

가을   열쇠가 없어져서 엄마가 열쇠 가게 아저씨를 불러
방문을 땄어요. 엄마가 열쇠 가게 아저씨에게 부
탁해 열쇠를 새로 만들어 주겠다고 해 놓고 이사
갈 때까지 만들어 주지 않았어요.

민희   **선생님, 시간이 다 갈 것 같아요.**

나   자, 그럼 우리 다 같이 가을에게 물어볼까요? 얼
마니? 하우 머치 이즈 잇?

가을   음…… 500원이요.

민희   싸다, 싸.

나   이것은 500원이야. 우리 영어로 해 볼까요?

유리   디스 이즈 파이브 헌드레드 원.

나   우리 다 같이 해 볼까요? 디스 이즈 파이브 헌드
레드 원.

가을·지우·유리·민희   디스 이즈 파이브 헌드레드 원.

지우   **다음은 내 차례야.**

나   값이 싸네요. 잇츠 칩.

유리·민희	잇츠 칩.
가을	(의자에서 일어서며) 선생님, 저 화장실 좀 다녀올게요.
나	혼자 다녀올 수 있겠니?
가을	네.

가을이 의자에서 일어선다. 교실 문 쪽으로 걸어간다. 미닫이인 교실 문을 옆으로 밀어서 열고 복도로 나간다.

가을의 발소리는 너무 작아 복도에 울리지 않는다. 복도 건너 동굴 같은 교실에 검은 피아노가 놓여 있다. 흰 건반들은 낮처럼 조용하다. 그리고 검은 건반들은 밤처럼 조용하다.

민희	(손에 들고 있던 색종이를 책상에 내려놓으며) 선생님, 저도 화장실에 갔다 올게요.
유리	(의자에서 일어서는 민희 쪽을 향해 고개를 돌리고 다정한 목소리로) 민희야, 얼른 다녀와.

민희가 의자를 떠나 교실 문 쪽으로 걸어간다. 손으로 교실 문을 더듬더듬 만져 열려 있는 걸 확인하고는 복도로 나간다.

정욱	저도…… 화장실…….

정욱이 교실을 나가고 조금 뒤 가을이 교실에 들어선다.

유리   (가을을 민희로 착각하고) 민희 왔니? (옆자리의 빈
                의자를 손으로 두드리며) 민희야, 어서 와서 앉아.

가을이 손으로 갈색 바지를 추어올리며 자신의 의자를 찾아간다.

유리   민희야, 어서 와서 앉아.

민희가 교실에 들어선다.

유리   민희야, 민희야.

가을   (의자에 앉으며) 선생님은 뭘 팔 거예요?

민희   (의자에 앉자마자) 선생, 그런데 지금 몇 시예요?

나   (점자정보단말기로 시간을 체크한다.) 12시 30분이
                네요.

가을   아, 10분밖에 안 남았잖아.

지우   *다음은 내 차례야.*

민희   선생님, 다음은 유리 차례예요.

나   유리는 뭘 팔 거예요?

유리   (책상 위 돌고래 인형을 손으로 만지작거리며) 인형이

요. 인형은 영어로 돌이에요. 디스 이즈 마이 돌.

나	자, 그럼 우리 다 같이 유리에게 물어볼까요? 얼마예요? 하우 머치 이즈 잇?
유리	디스 이즈 쓰리 싸우전드 원.
나	비싸요? 싸요?
민희	비싸요, 비싸!
나	비싸요. '비싸요'는 영어로 잇츠 익스펜시브.
지우	**다음은 내 차례야.**
나	누가 인형을 살래요?
미솔	제가 살래요!

미솔이 의자에 앉았다 일어서기를 반복한다. 그때마다 의자 다리들이 바닥에 끌리는 소리가 울린다.

민희	(9시 방향을 응시하듯 바라보며) **선생님, 그런데 누가 온 것 같아요.**

시곗바늘은 여전히 8시 24분을 가리키고 있다. 세 개의 바늘은 바느질로 꿰매 놓은 듯 꿈쩍하지 않는다.

유리	선생님, 돌고래 인형을 팔 수 없어요.

나	왜 팔 수 없어요?
지우	다음은 내 차례야.
유리	아빠가 생일 선물로 사 준 인형이거든요. 내가 돌고래 인형을 팔아 버리면 아빠가 슬퍼할 거예요.

쉬는 시간을 알리는 멜로디가 교실에 울린다. 정욱은 돌아오지 않는다.

민희	**_선생님, 시간이 다 가 버렸잖아요._**
나	시간이 금방 가 버렸네요. 아쉽지만 우리 다음 시간에 만나요. 다음 시간에는 무지개를 영어로 얘기해 볼 거예요.

미솔	(아이들 중 가장 먼저 교실을 나가며) **_나는 소금을 팔러 왔어요, 나는 소금을 팔러 왔어요._**

유리와 민희가 사이좋게 손을 맞잡고 교실을 나간다. 정욱은 돌아오지 않는다.

교실에 가을과 나만 남는다. 시곗바늘은 8시 24분을 가리키고 있다.

가을	(두 손으로 책상 위를 더듬으며) 선생님, 제 점필이 어디로 갔는지 없어요. 제 점필 좀 찾아 주세요.
나	아, 가을아…… 선생님도 안 보여서 찾을 수가 없단다.
가을	안 보여요?
나	그래, 나도 너희처럼 시각장애인이란다.
가을	선생님도 시각장애인이에요?
나	그래, 나도 너희들처럼 시각장애인이란다. 몰랐니?
가을	몰랐어요.
가을	선생님, 그럼 왼손으로 흰 지팡이를 잡고 오른손으로 제 손을 잡으세요. 제가 복도까지 데려다드릴게요.

가을과 나는 손을 잡고 복도에 서 있다.

가을	선생님, 혼자서 갈 수 있어요?
나	그래, 나는 혼자 갈 수 있단다.
가을	나는 선생님을 끝까지 데려다주고 싶지만 다음 수업에 들어가야 해요. 다음 수업은 음악 시간이에요.

가을과 나는 여전히 손을 잡고 복도에 서 있다.

나	가을아, 나는 혼자 갈 수 있단다.
가을	*선생님, 잘 찾아가야 해요.*

나와 가을은 여전히 손을 잡고 복도에 서 있다.

가을	*선생님, 잘 찾아가야 해요.*

8

교실에 아이들이 몇 명 모여 있는지 나는 알지 못해요, 알 수 없어요. 아이들은 셀 수 없으니까요, 아이들은 셀 수 있는 게 아니니까요. 밤하늘의 별처럼요. 내가 보지 못한다는 걸 아이들이 아는 줄 알았어요. 내가 자신들을 보지 못한다는 걸요. 수업 시간에 가위바위보를 해 순서를 정할 때 허공에서 가위를, 바위를, 보를 만들어 보이는 자신들의 손을 내가 보지 못한다는 걸요.

수업 첫날, 나는 내 소개를 하며 아이들에게 말해요.

"*나도 너희와 같단다. 그래서 너희의 모습을 보지 못한단다.*

내게 너희 목소리를 들려주겠니?"

그리고 나는 기다려요. 아이들이 목소리를 들려줄 때까지 기다려요. 교실의 모든 아이들이 목소리를 들려줄 때까지 기다려요.

그리고 나는 아이들에게 말해요.

"우리 서로의 목소리를 기억하기로 하자."

끔찍한 목소리는 없어요.

*

가을이에게 마음이 흘러요. 가을이가 또래 아이들보다 많이 작다는 걸, 그 애 손을 잡아 보고 나서야 알았어요. 그 애 목소리는 소꿉장난을 하는 것 같은 목소리예요. "선생님, 왼손으로 흰 지팡이를 잡고 오른손으로 제 손을 잡으세요." 그 애가 자신의 오른손을 내게 내미는 게 느껴졌어요. 나는 망설여졌지만 그 애의 마음이 예뻐서 그 애 손을 잡으려고 내 왼손을 내밀었어요. 그 애 손을 잡으려 내 손을 활짝 펼쳤어요. 그런데 그 애 손이 없었어요. 그 애가 내게 다시 말했어요. "선생님, 제 손을 잡으세요. 제가 복도까지 안내해 드릴게요." 그 애 손은 저 밑에 있었어요. 저 밑에요. 내 무릎보다 더 밑에 있는 그 애 손을 잡으며 그 애가 무척 작다는 걸 알았어요.

9

열렸나요?
열리고 있나요?

내 얼굴이요.

내 앞에 있나요?
내 뒤에 있나요?

지금 내 얼굴이요.

나는 초록색 사과도 봤어요. 초록색 사과는 내 책상 위에
놓아 둘래요.

라디오에서 비틀즈의 「예스터데이」가 흘렀어요. 어항 속
에 빨간색 금붕어와 분홍색 금붕어가 있었어요. 나는 책상
에 앉아 확대경으로 중학교 학생증 속 내 얼굴을 들여다보고

있었어요. 나는 열다섯 살이었어요. 턱이 뾰족하고…… *다른 곳…… 내 오른쪽 눈동자가 다른 곳을 보고 있었어요.* 내 오른쪽 눈동자는 빛조차 본 적 없어요. 내가 인큐베이터에 있을 때 산소가 지나치게 공급돼 내 오른쪽 눈동자의 망막 혈관이 손상됐다고 했어요.* 나는 7개월 만에 세상에 나와 인큐베이터에 넣어졌어요.

나는 서 있었어요,
나는 그냥 서 있었어요,
나는 그냥 계속 서 있었어요.

여섯 살인 나는 노란 유치원 모자를 쓰고 시력검사표 앞에 서 있었어요. 숫자 4가 보였어요. 숫자 4만 보였어요. 4를 가리키는 막대기는 안 보였어요.

아홉 살 여름방학 때, 가족들과 함께 여행을 간 경주에서 나는 거대한 회색 돌 앞에 서 있었어요.

내가 스물한 살 때였어요. 무척 추운 겨울날 늦은 저녁이었어요. 버스가 와서 섰고 두세 사람이 뛰어가 버스에 올랐어요. 버스가 다급히 떠나고 다른 버스가 와서 섰어요. 몇 사

* 미숙아망막병증.

람이 버스에 올랐어요. 버스가 떠나고 버스 서너 대가 연달아 달려와 꼬리에 꼬리를 물고 섰지만 나는 그 어느 버스에도 오르지 못했어요. 나는 5001번 버스를 타야 했어요. 열여덟 살 여름방학 전까지 보이던 버스 번호판이 안 보였어요. 나는 버스를 잘못 탈까 봐 두려웠어요. 버스가 와서 서는 걸, 사람들이 버스에 오르는 걸, 버스가 떠나는 걸 나는 바라보며 서 있었어요. 버스 정류장에 서 있는 버스가 몇 번 버스인지 사람들에게 물어보지 못했어요. 내 눈이 멀고 있는 걸 사람들에게 들키고 싶지 않았어요. 버스 한 대가 또 와서 섰어요. 5001번 버스 같았지만 나는 버스에 오르지 않았어요. 5001번 버스가 아닐 수도 있으니까요. 버스 정류장에 버스가 와서 서고, 사람들이 버스에 오르고, 버스가 떠나는 걸 바라보며 나는 서 있었어요. 버스가 뜸하게 와서 섰어요. 그 많던 사람이 전부 버스를 타고 떠나고 버스 정류장에 나 혼자 남겨졌어요. 버스 한 대가 와서 섰어요. 버스 문이 덜컥 하고 열리는 소리가 들려왔어요. 버스는 내가 오르기를 기다리는 것 같았어요. 버스에 타고 있는 사람들도 보이지 않았어요. 버스에 빈 의자들만 타고 있는 것 같았어요. 나는 버스에 다가갔어요. 나는 버스에 오르고 싶었어요. 버스 빈 의자에 안겨 눈을 감고 깊은 잠에 들고 싶었어요. 내가 깨어났을 때 날이 환하게 밝아 있기를, 버스가 바다 앞에 서 있기를, 내가 버스에서 내

려 손을 뻗으면 파도가 만져지길 바라며 나는 버스에 오르려
했어요. 나는 버스에 오르지 못했어요. 버스가 그새 떠나 버
리고 없었어요. 나는 주위를 둘러봤어요. 내 뒤쪽에 키가 홀
쩍한 사람이 서 있는 게 내 눈에 흐릿하게 들어왔어요. 나는
그 사람에게 다가갔어요. 간신히 목소리를 내 말했어요. "안
녕하세요?" 아무 대답이 없었어요. 나는 다시 말했어요. "안녕
하세요?" 여전히 아무 대답이 없었어요. 이상해서 손으로 툭
쳐 봤어요. 사람이 아니라 전봇대였어요.

나는 여전히 서 있어요.
나는 어디에 서 있어야 하나요?
나는 누굴 기다리는 게 아니에요.

나는 새소리를 기다려요.
내가 본 적 없는 새,
내가 볼 수 없는 새.

새소리는 내게 길을 만들어 줘요.

나는 기다려요. 낯선 곳에 가면 그곳의 소리들이 내게 길을
만들어 줄 때까지 기다려요. *세상의 소리들은 내게 길을 만들*

어 줘요. 차들이 도로를 달려가는 소리, 상점들에서 흘러나오는 노랫소리들, 발소리들, 버스 정류장 전광판에서 흘러나오는 소리, 음식점 환풍기 소리, 공사장에서 울리는 소리, 셔터 올리는 소리, 셔터 내리는 소리…… 하이힐이 계단을 올라가거나 내려가는 소리가 들려오면 가까이에 지하철 출구가 있구나 생각해요. 소리들이 한꺼번에 들려오면 혼란스러워요. 나는 소리를 골라요. 엉킨 색색의 실들 속에서 실 한 가닥을 잡아당기듯 소리 하나를 골라내요.

나는 기다려요. 나는 아무 소리도 들려오지 않을 때까지 기다리기도 해요. 신호등이 없는 횡단보도 앞에서 나는 기다려요. 내달리는 차 소리가 끊기고 아무 소리도 들려오지 않을 때까지 *나는 기다려요.*

나는 서 버려요. 도로를 달리는 차 소리를 들으며 걸어가다 사람들 소리가 들려오면 *나는 서 버려요.* 사람들이 뛰는 소리가 들려오면 나도 모르게 뛰어요.

버스가 보이지 않고, 버스 소리가 들려오면 날 향해 달려오는 것 같았어요. 지하철이 보이지 않고, 지하철 소리가 들려오면 날 향해 달려오는 것 같았어요.

새소리가 만들어 주는 길이 좋아요. 참새 소리처럼 작은 새소리가 만들어 주는 길이 좋아요. 참새 소리가 만들어 주는 길은 좁아요. 나는 좁은 길을 걸어갈래요. 넓은 길은 똑바로 걸어가기가 힘들어요.

10

나는 참새를 보지 못했어요. 너무 작아서 보지 못했어요. 나는 벌도 못 봤어요.

비둘기는 푸드덕 날아가요.

백문조는 그 집에 있어요. 그 집 문을 열고 들어서는데 새 소리가 들려왔어요. 새소리가 커서 큰 새일 거라고 생각했는데 내 손보다 작았어요. 백문조는 하얀색 새라고 했어요. 나는 하얀색을 떠올리며 백문조를 상상했어요. 나는 새장 속 하얀색을 만지며 백문조를 상상했어요.

나는 잠자리의 날개를 봤어요,
잠자리의 얼굴은 못 봤어요.

나는 날아다니는 걸 잡지 못해요,
나는 날아다니는 걸 잡고 싶지 않아요.

아, 새들도 눈이 멀까?

아, 새들도 눈이 멀어 태어나기도 할까?

눈먼 새는 날지 못해요. 날 수 있지만 어디에 떨어져야 하는지 보이지 않아서 날지 못해요.

눈이 멀어서 태어난 새는 둥지 속에 있어요. 함께 있던 새들이 떠나고, 어미 새도 떠나고, 눈이 멀어서 태어난 새는 혼자 둥지 속에 남겨져요. 혼자 둥지 속에서 울어요. 혼자 둥지 속에서 잠들어요. 혼자 둥지 속에서 늙어 가요. 혼자 둥지 속에서 죽어요.

둥지는 없어요.

나는 둥지를 본 적 없어요. 그래서 둥지는 없어요.

아, 날아가다 눈이 머는 새도 있을까?

눈먼 새가 내게 날아들면……

11

늘 그곳에 있던 소리요.

내가 그곳을 지나갈 즈음 늘 그곳에 있던 소리요.

내가 지나갈 때 늘 그곳에 있던 소리가 어느 날 들려오지 않아요. 그곳에 없던 낯선 소리가 들려와요.

아, 저 소리는 뭘까?

12

내가 뭘 보아야 하나요?

빛조차 보지 못하게 된 뒤로, 내가 보지 못한다는 걸 잊곤 해요.

내 왼쪽 눈에 사물들의 실루엣이 어렴풋이나마 보일 때, 나는 나무를 보며 아무것도 안 보인다고 생각했어요. 내 앞에서 걸어오는 사람을 보며 아무것도 안 보인다고 생각했어요. 내 앞에 놓인 빈 의자를 보며 아무것도 안 보인다고 생각했어요.

내가 부족해서 눈이 먼 게 아니에요.

내가 죄를 지어서 눈이 먼 게 아니에요.

몰랐어요,
몰라요.

찾아야 해요,
찾아야 해요.

13

어느 날 그녀 목소리가 날 찾아왔어요.
그리고 어느 날 그녀 목소리가 날 떠났어요.

14

"내게 당신 목소리를 들려주겠어요?"

기다리고.

믿고.

"누구 얼굴이 가장 보고 싶어?" 떠나기 얼마 전 그녀 목소리
가 내게 그렇게 물었어요.

얼굴을 보지 못하게 된 뒤로 사람들은 내 꿈에 목소리로
다녀가요. 누군가 내 꿈에 다녀가면, 나는 그 누군가에게 말
해요.
"어젯밤 내 꿈에 당신 목소리가 다녀갔어요."

그 또한.

목소리가 날 떠날까 두려워요.

단 하나의 목소리…… 단 하나의 목소리…… 모르겠어요.

15

바다¨는 점 네 개예요. 나는 바다라는 글자를 쓸 줄 알지
만 쓰지 않을래요. 나는 바다라는 글자를 쓴 적 있어요. *내가*

쓴 바다를 나는 볼 수 없어요. 그 바다는 어머니가 간직하고
있어요.

내가 쓴 바다는 내가 쓴 파도와 함께 있어요.

내가 쓴 달과 함께 있어요.

오늘 나는 새 티셔츠를 입었어요. 어머니가 새로 사 온 티
셔츠를 내 방 침대 위에 놓아두셨어요. 단추가 세 개 달렸고
반소매에 칼라가 있어요. 티셔츠 색깔은 모르겠어요. 나는 마
흔네 살이지만 어머니가 사다 주시는 옷을 입어요. 아, 다홍
색은 어렴풋이 기억나요. 나는 보름달을 봤어요. 반달은 못
봤어요. 보라색까지는 알 것 같아요. 에메랄드색은 자신 없
어요.

내 왼쪽 눈이 멀어 가는 동안, 그리고 내 왼쪽 눈이 완전히
멀고 나서, 세상에 없던 색깔들이 만들어졌어요. 로즈골드도
그 색깔들 중 하나예요. 황금색과 빨간색을 섞은 색이라고 했
어요. 로즈는 장미, 장미는 빨간색. 나는 빨간색을 알아요. 골
드는 황금. 황금은 반짝이는 노란색. 나는 머릿속에서 빨간색
과 황금색을 섞으며 로즈골드를 상상해요.

여섯 살 때 받은 시력검사에서 내 왼쪽 눈동자 시력은 0.1이
었어요. 초등학교에 들어갔는데 녹색 칠판만 보이고 칠판에
분필로 쓴 글씨가 보이지 않았어요. 그래서 맨 앞에 앉아 선

생님이 하는 말을 공책에 받아썼어요. 나는 스케치북을 스케치복이라고 받아썼어요. 체육복을 체육북이라고 받아썼어요. 나는 연필로 글자를 쓰지 않았어요. 연필로 쓰는 글자는 흐려요. 흐린 건 잡히지 않아요, 흘러가요, 흘러가다 가라앉아 버려요. 나는 검정 수성펜으로 글자를 썼어요. 공책이 흰색이어서 파란색이나 빨간색보다 검정색으로 쓰는 게 가장 잘 보였어요. 『표준전과』 속 글자들을 한 자 한 자 공책에 옮겨 썼어요. *글자에 속눈썹이 스칠 만큼 왼쪽 눈동자를 가까이 가져가면 글자가 보였어요.* 『표준전과』 속 글자들이 점점 흐려지고 뭉개지더니 거무스름한 얼룩으로 보였어요. 칠판이 보이지 않았어요. 시력검사에서 내 왼쪽 눈 시력이 0.02로 떨어져 있었어요. 나는 확대경을 안경알에 끼우고 글자를 한 자씩 비춰 가며 읽었어요. 확대경 너머로 보면 글자가 대여섯 배 부풀어 보였어요. 확대경 너머 心 자를 들여다보며 공책에 그대로 옮겨 쓰던 기억이 나요. 확대경 너머로 봤던 글자들은 잊히지 않아요. 열여덟 살이던 해 왼쪽 눈동자의 망막이 벗겨져서 붙이는 수술을 받았어요. 수술 후 확대경 너머로도 글자가 보이지 않았어요. 그래서 수업 시간에 나는 듣기만 했어요. 나는 그냥 가만히 앉아서 듣기만 했어요.

　내 왼쪽 눈이 아직 빛을 볼 수 있을 때 낮에는 눈이 부셔서 밖을 잘 다니지 못했어요. 밤이 되면 나는 가로등 불빛을 따라 걸었어요, 가로등 불빛이 내게 길을 만들어 줬어요. 왼쪽 눈은 20년에 걸쳐 서서히 멀었어요. 수동으로 전구 불빛의 밝기를 낮추듯 빛이 점점 희미해지다 사라졌어요. 얼굴들이 점점 뭉개지고 멀어지다 사라졌어요. 멀어 가고 있는 걸 알면서도, 나는 왼쪽 눈이 완전히 멀 거라는 생각을 못 했어요, 생각하지 않았어요, 생각하고 싶지 않았어요, 생각하기 싫었어요.

16

그녀만 날 떠났어.

그녀 한 사람만 날 떠났어.

17

내 앞에 몇 사람이 앉아 있는지 나는 몰라요.
내 앞에 몇 사람이 걸어가고 있는지 나는 몰라요.

내가 보지 못하게 된 데에는 뜻이 있을까요?

빛조차 볼 수 없게 된 뒤로 그 또한 응답이 아닐까 생각했어요. 응답이 없는 것 또한, 그 또한.

나를 위해 기도해요,
나를 위한 기도는 가장 나중에 해요.

사람은 누군가를 생각하며 존재해요,
사람은 누군가를 사랑하며 존재해요.

내가 존재하는 걸 느끼고 싶어요.
내가 존재하는 걸 느끼며 살고 싶어요.

내가 보이나요?

"아, 내가 여기 왜 있는 걸까?"

18

날 사람으로 바라봐 주길 원해요.
날 한 사람으로 바라봐 주길 원해요.

내가 보이나요?

사람을 믿고 싶어요,
내가 만나는 사람을 믿고 싶어요.

대학교를 졸업하던 해 스무여 곳에 원서를 냈어요. 가장 마지막에 면접을 본 곳에 취직이 됐어요. 첫 출근 날, 빈 책상 하나가 나를 기다리고 있었어요. 나는 책상으로 가서 앉았어요. 내 책상 앞에 무엇이 있는지 나는 알지 못했어요. 창 너머 풍경을 보지 못하지만 창문이 있었으면 했어요. 창문은 멀리 있는 것이라는 걸 알면서도 창문이 있었으면 했어요. 점심시간이 다 돼 가도록 나는 책상에 앉아 있었어요. **아무도 내게 일을 주지 않았어요. 아무도 내게 아무 일도 주지 않았어요.** 직원이 마흔 명쯤 됐는데 장애가 있는 직원은 나 혼자였어요. 다들 분주하게 움직이며 뭔가를 나르고, 업무 관련 얘기를 나누고, 농담 같은 걸 주고받고, 전화 통화하는 소리를 들으며 나는 책상 앞에 앉아 있었어요. 사무실 시계 초침 소리를 들으며 책상 앞에 앉아 있었어요. 다른 책상 전화기의 벨이 울리는 소리를 들으며 책상 앞에 앉아 있었어요. 책상마다 전화기가 놓여 있었어요. 내 책상에도 전화기가 있었어요. 내 책상 전화기의 벨은 울리지 않았어요. 퇴근 시간이 될 때까지 나는 책상 앞에 그냥 앉아 있었어요. 그다음날도 나는 시계 초침 소리를 들으며, 다른 책상 전화기의 벨이 울리는 소리를 들으며 종일 내 책상 앞에 앉아 있었어요. ***아무도 내게 할 일을 주지 않았어요. 아무 일도 주지 않았어요.*** 그렇게 한 달이 흘러갔어요. 시계 초침소리가 무척 느리게 들려왔어요. 1초가 한 시간처럼 길게 느껴졌어요. ***아, 내가 여기 왜 있는 걸까?*** 나는 스스로에게 물었어요. 그날도 나는 출근해 책상으로 가서 앉았어요. 오전이 다 가도록 나는 그냥 책상 앞에 앉아 있었어요. 다른 책상 전화기의 벨이 울렸어요. 계속 울렸어요. 나는 내 책상 전화기로 손을 뻗었어요. 송수화기를 집어 들고 전화를 당겨 받았어요. "안녕하세요?" 그날부터 나는 누군가 자리를 비운 책상에서 울리는 전화기를 당겨 받기 시작했어요. "안녕하세요?" 내가 할 일을 나 스스로 찾은 거예요. 직원 회식이 있는 날이었어요. 술 취한 목소리들이 들려왔어요. "넌 여기 있으면 안 돼." "네가 여기서 할 일이 없어." "다른 곳으로 가." 회식 자리가 파하고 나는 그 계단을 찾아갔어요. *그 계단에는 바람이 불지 않았어요.*

　서른 살 되던 해, 논산에 있는 대학교 특수교육학과에 편입했어요. 나처럼 눈이 먼 아이들을 가르치는 특수 교사가 되고 싶었어요. 집을 떠나 날 아는 사람이 아무도 없는 낯선 곳에서 방향을 잃고 헤매고 있는데 내 이름을 부르는 목소리가 들려왔어요. 목소리가 내게 말했어요. *"우리 같이 가자."* 그날 이후로 날 아는 사람이 아무도 없는 곳에 가는 걸 나는 두려워하지 않게 됐어요. 우리 같이 가자. 그 말은 맑은 노란색이에요. 내가 낯선 곳에 갈 때마다 날 도와주는 이가 한 사람은 꼭 있었어요. 내가 찾지도 않았는데 다가와 내게 손을 내밀었어요. 그 또한 지나고 나서야 깨달았어요. 신비해요. 세상 어딜 가더라도 날 위해 예비해 둔 이가 있으리라는 믿음에 내겐 있어요.

19

마음은 그대로 있어요, 보고 싶은 마음은 그대로 있어요.
　만져도, 만져도 보고 싶은 마음은 그대로 있어요. 만져 보는 것과 보는 것은 달라요. 보았던 적이 있어서 그런 생각도

드는 걸 거예요. 내가 보았던 적이 있어서요.

혼자일 때 손으로 내 얼굴을 만져 보곤 해요. 이마, 눈썹, 눈꺼풀, 코, 볼, 입술, 턱……. 만져도, 만져도 보고 싶은 마음은 그대로 있어요. *"누구 얼굴이 가장 보고 싶어?"* 그녀가 돌아와 다시 묻는다 해도 똑같이 대답할 것 같아요.

내 얼굴이 보고 싶어요.
지금 내 얼굴이 가장 보고 싶어요.

20

내가 누굴 위해 살았지?
내가 누굴 위해 살고 있지?

날 위해 살고 싶어요. 그리고 누군가를 위해 살고 싶어요.

나는 아직 서 있어요.

내가 보이나요?

날 이끄는 손을 느껴요.

날 이끄는 손은 가을이의 손처럼 작은 손일 거예요.

날 이끄는 손을 내가 놓아 버릴까 봐 두려워요.

21   4학년 영어수업 2

시간은 12시 25분을 지나고 있지만 교실 문 시곗바늘은 8시 24분을 가리키고 있다.

민희   **선생님, 의자가 높아요.**

유리   **선생님, 제 의자도 높아요.**

미솔   (외로 수그리고 있던 고개를 들며 고조 없는 목소리로)
         머리카락이 내려와요, 머리카락이 내려와요.

나   오늘은 무지개를 영어로 얘기해 보는 시간을 갖
         기로 했지요. 여러분, 무지개 알아요?

가을·유리·지우·민희   알아요.

나   무지개 본 적 있어요?

가을·유리·지우   없어요.

민희	저도 없어요.
미솔	**나는 무지개를 봤어요.**
나	미솔이는 무지개를 어디서 봤어요?
미솔	**어디서 봤는지는 몰라요.**

미솔이 옆 의자를 손으로 더듬는다. 의자가 비어 있자, 일어나 옆 의자로 옮겨 앉는다.

나	**무지개를 본 적 없는데 무지개를 어떻게 알아요?**
민희	그냥 있다는 것만 알고 있어요.
유리	(풀 죽은 목소리로) 엄마가 있다고 했어요.
나	우리는 무지개를 본 적 없지만 무지개를 알아요. 무지개가 뭐예요?
민희	빨주노초파남보요.
나	아, 무지개는 빨주노초파남보군요. 그럼, 빨주노초파남보는 뭐예요?
아이들	색깔!
나	아, 색깔.
가을	**선생님, 빨주노초파남보에는 왜 하얀색이 없어요?**
나	그러게, 왜 하얀색이 없을까요?

정욱이 발로 교실 바닥을 차기 시작한다.

유리   (타이르는 것 같은 목소리로) 정욱아, 발…… 하지 마.

나   무지개가 영어로 뭐예요?

유리·지우 레인보우!

나   무지개는 레인보우. 우리 무지개 색깔을 영어로
         말해 보고 좋아하는 색깔을 하나씩 골라 보기로
         해요.

민희   전 보라색이요.

유리   저는 노란색이요.

가을   나는 노란색이 하고 싶어.

미솔이 자신의 옆 의자를 손으로 만져 본다. 빈 의자에 얼굴을
들이대고 냄새를 맡는다.

나   우리 빨강에 대해 얘기해 볼까요? 빨강은 영어로
         레드예요. 여러분은 빨강 하면 뭐가 생각나요?

민희   방울토마토요.

가을   저는 김치요, 정말 엄청 매운 김치요!

유리   사과요.

가을   피요, 피!

나	빨강 하면 어떤 느낌이 나요?
지우	**빨강은 화가 났어요.**
가을	화나는 게 뭐예요? 슬픈 게 뭐예요?
미솔	(미솔이 의자에서 일어나 교실을 돌아다니며) 우리 저기로 가요, 저기로 가요.
가을	**선생님, 저는 질문이 있어요.**
가을	**선생님, 저는 질문이 있어요.**
가을	**선생님, 화나는 게 뭐예요?**
가을	**선생님, 슬픈 게 뭐예요?**

정욱이 발로 교실 바닥을 연속해서 찬다.

나	주황색은 오렌지.
아이들	오렌지!
나	자, 우리 주황색에 대해 얘기해 볼까요?
유리	**주황색은 우산 느낌이 나요. 비 오는 느낌이 나요.**
가을	비 오는 느낌이 나요.

나	아, 유리는 비 오는 느낌이 나요? 왜 비 오는 느낌이 나요?
유리	비 오는 날에는 밝은 옷을 입으니까요. 밝은 옷을 입으면 기분이 좋아요. 기분 좋은 느낌이 나요.
나	지우는 어떤 느낌이 나요?
지우	뿌듯한 느낌이 나요.
가을	선생님, 그런데 저한테는 안 물어봤어요.
민희	가을이 너 얘기했잖아, 비 오는 느낌이라고 했잖아.
나	가을이는 어떤 느낌이 나요?
가을	비 오는 느낌이요.
나	왜 그런 느낌이 나요?
가을	그게 왜 그렇게 느끼냐면요⋯⋯. 주황색이⋯⋯ 진짜⋯⋯ 비 오는 듯한⋯⋯ 그러니까⋯⋯ 그런 느낌이니까⋯⋯.
민희	오리, 오리, 오리!
나	민희는 왜 오리가 생각나요?
민희	오리 부리가 노란색이니까요.
가을	병아리요!
나	병아리가 생각나요? 가을이는 왜 병아리가 생각

나요?

가을   그게…… 병아리 때문에 노란색이 생각났어요.
　　　　　병아리가 너무 귀여워서 노란색이 좋아졌어요.

정욱이 발로 계속 교실 바닥을 찬다.

유리   정욱아, 발, 하지 마.

지우   선생님, 뭐라고 하신 거예요?

미솔이 의자에 앉는다. 시무룩한 표정으로 허공을 바라보다 책
상 위에 엎드린다. 손가락으로 책상에 뭔가를 그린다. 교실 시곗바
늘은 8시 24분을 가리키고 있다.

유리   *저는 나무요.*

지우   *저는 나뭇잎이요.*

유리   *저는 숲이요.*

가을   초록색은…… 저는 잘 모르겠어요.

유리   바다가 생각나요. 바다는 파란색이에요, 하늘도
　　　　　파란색이에요.

민희   바다가 생각나요.

가을   저도요.

나   민희는 왜 바다가 생각났어요.

민희   바다가 파란색이어서…….

가을   저도 하늘이요.

가을   (혼잣소리로) 내가 바다라고 했는지 하늘이라고 했
       는지 까먹었어.

나   바다 색깔하고 하늘 색깔은 조금 달라요.

가을   선생님, 제가 까먹었어요. 제가 하늘이라고 했는
       지, 바다라고 했는지…….

나   바다는 색깔이 짙어요.

가을   선생님, 제가 하늘이라고 했어요?

나   하늘은 바다보다 색깔이 열어요.

가을   선생님, 제가 하늘이라고 했어요?

나   하늘이라고 했어요.

미솔이 책상에 엎드린 채 손가락으로 책상에 뭔가를 그리며 '네
이비, 네이비' 하고 중얼거린다.

민희   남색은…… 저는 몰라요.

가을   저도 몰라요.

민희   초콜릿은 남색이 아니에요.

정욱   (고개를 수그리고 교실 바닥을 발로 차며) 모르겠
       어요.

민희   **보라색은 약간 슬퍼요…… 그냥…….**
지우   **보라색은 간지러워요…… 그냥…….**

정욱   (고개를 수그리고 발로 교실 바닥을 차며) 모르겠
       어요.

나   자, 그럼 우리 좋아하는 색깔을 하나씩 골라 볼
       까요?
유리   저는요, 노란색이요.
지우   저는 보라색이요.
가을   **나는 노란색이 하고 싶어. 나는 노란색이 하고 싶어.**
민희   나는 빨간색 할게요.
지우   나도 빨간색 하고 싶은데.
나   가을이는요?
가을   노란색이요.
나   노란색은 다른 친구가 했어요.

민희	가을아, 노란색 말고 다른 색 해.
유리	선생님, 미솔이는 파란색을 하겠대요.
가을	아, 유치해.
민희	가을아, 주황색 할래?
나	가을이 주황색 할래요?
가을	저는 **노란색 말고는 말 못 해요. 나는 노란색 말고는 모르겠어요.**
유리	가을아, 화났어?
가을	(화난 목소리로) 화 안 났어.
유리	가을아, 그럼 네가 노란색 해.

쉬는 시간을 알리는 멜로디가 울린다. 교실 시곗바늘은 8시 24분을 가리키고 있다.

가을	선생님, 빨주노초파남보에는 왜 하얀색이 없어요?
나	빨주노초파남보에 왜 하얀색이 없는지 선생님도 모르겠어요. 왜 하얀색이 없는지 설명해 주지 못해서 미안해요.
가을	병아리는 세 마리예요. 이름은…… 잊어버렸어

요……. 내가 이름을 지어 줬어요……. 비밀이에
요, 비밀이에요.

시곗바늘은 8시 24분을 가리키고 있다.

22

**나는 다른 곳을 보고 싶었어요. 다른 곳. 내 오른쪽 눈동자가 보고
있는 다른 곳이요.**

내가 그 문을 지나왔나요?
그 문은 무슨 색깔인가요?

나는 검은색 문을 본 적 있어요. 노란색 문은 본 적 없어
요. 세상에 노란색 문은 없어요. 만약 노란색 문이 있다면 내
방 침대 옆에 놓아둘래요. 노란색 문을 내가 늘 볼 수 있게,
늘 열 수 있게, 늘 닫을 수 있게.

그리고 나는 노란색 문을 바다 옆에 놓아둘래요. 노란색
문은 내 방 침대 옆에 있으면서 바다 옆에 있어요. 밀물 때가

되면 노란색 문은 파도에 밀려가요. 검은 튜브 위 소년과 함께 수평선까지 밀려갔다, 썰물로 바뀌면 다시 해안 쪽으로 밀려와요.

침대에서 일어나 노란색 문을 열면 나는 바다로 갈 수 있어요. 바다에는 파도를 만지고 있는 남자가 있어요. 파도는 하얀색이에요. 하얀색은 차갑지도, 뜨겁지도 않아요. 하얀색은 솜털, 공책, 토끼. 나는 하얀색을 기르지 않을래요.

노란색 문은 보름달 같을 거예요. 나는 보름달을 봤어요. 반달은 못 봤어요. 반달은 떠오르는 것이에요. 나는 떠오르는 걸 보지 못해요. 그래서 나는 무지개도 보지 못했어요. 무지개는 떠오르는 것이니까요. 나는 무지개를 본 적 없지만 무지개를 알아요. 무지개는 빨주노초파남보. *빨주노초파남보에는 왜 하얀색이 없을까요?*

찾아야 해요,
찾아야 해요.

그 또한.

내가 보이나요?

나는 아직 서 있어요.

내가 보이나요?

빨간 집에 사는 소녀

1

내 방엔 거울이 있어.
딱딱하게, 딱딱하게,

빛 —

빨간색.

노래는 보라고 하지 않아.

"지금으로 돌아가고 싶지 않아."

2

지금,

지금,

그리고 지금,

"난 다른 곳에 있고 싶어."

3

딱딱하게, 딱딱하게,

"내 사랑을 받아 주세요."

다른 곳에선 똑같은 노래가 다르게 흘러, 다르게 슬프게,

다르게 쓸쓸하게, 다르게 심심하게.
다른 곳의 다른 나.

난 나를,
난 나를,
난 나를,

딱딱하게, 딱딱하게, 빨갛게,

"난 설레고 싶어."

나는 내 방에 거울처럼 딱딱하게 고여 있어.

내 방에 바람이 불어.
바람이 날 흔들어.

딱딱하게, 딱딱하게,
나는 출렁여.

딱딱하게, 딱딱하게,
나는 가라앉아.

내 얼굴은 거울이 돼.

그리고 문이 열려.

내 얼굴에 엄마가 자신의 얼굴을 비춰 봐.
내 얼굴에 동생들이 자신들의 얼굴을 비춰 봐.
내 얼굴에 아빠가 자신의 얼굴을 비춰 봐.
그리고 문이 닫혀.

4

다섯 살 때 처음 빛을 봤어.

네 곁에,
내 곁에,
빛은 그냥 약간, 약간.

아, 난 나를……

다섯 살 때 처음 빨간색을 봤어.

엄마가 빨간색을 가져다 내 얼굴 밑에 놓았어.

나는 빨간색을 외우고 외웠어.

내가 빨간색을 외우자 엄마가 빨간색을 치우고 노란색을 놓았어.

나는 노란색을 외우고 외웠어.

그리고 파란색,

흰색,

검은색.

세상은 다섯 가지 색깔로 만들어졌어.

세상은 다섯 가지 색깔로 만족해.

다섯 색깔 무지개, 다섯 색깔 도마뱀.

흰색은 나에게,

빨간색은 나에게,

내 얼굴 밑에 놓여 있는 빨간색만 나는 볼 수 있어.

내 방 거울은 흐르지 않아.

5

거울이 날 봐.
거울은 날 봐.
거울은 엄마 몰래 울고 있는 날 봐.

난 날 안 봐.

음, 흐른다는 건…….

나는 나에 대해 생각하고 싶지 않아.
내가 생각하고 싶은 건 오직 하나.

6

빨간색 크레파스를 선물받고 흥분해 소리 질렀어.

"엄마, 난 화가가 될 거야!"

빨간색 크레파스가 흰 도화지 위를 신나게 날아다녔어.

엄마   뭘 그리는 거야?
그녀   집!

빨갛게, 빨갛게,

엄마   뭘 그린 거야?
그녀   집! 엄마, 난 집을 그렸어!

엄마   네가 그린 집을 만져 보렴.

엄마가 내 손을 내가 그린 집으로 데려갔어.

엄마   집에 창문이 없네.
          집에 문이 없네.
          집에 지붕이 없네.

난 창문을 본 적 없어, 난 문을 본 적 없어, 난 지붕을 본 적 없어.

엄마　　　집에 나무도 없네.

7

집에 나무가 있어야 해?
세상에 나무가 있어야 해?

나는 나무를 못 봐.
나는 나무를 몰라.

내가 어릴 때 엄마가 날 나무에게 데려갔어. 내게 나무를 만지게 했어. 줄기, 나뭇가지, 잎.

나무는 재미없어.
나무는 말을 못 해.

파란색은 나무에게.

"날 나무에게 데려가지 마!"

나무는 소용돌이.
나무는 어제.

"나를 버려 줘요."

나는 나무를 알고 싶지 않아.

내가 알고 싶은 건 오직 하나.

8

"모습이 그려져."

"가지 마."

"아직 가지 마."

9

"내 얼굴이 세상에서 가장 예뻐."

나는 내 얼굴을 본 적 없지만 내 얼굴이 가장 예쁘다는 걸
알아.

예쁜 내 얼굴에서 가장 예쁜 데는 눈.

내 눈은 반달.

어릴 때 내 손가락이 자꾸 내 눈을 찔렀어. 엄마가 내 손에
장난감 수갑을 채웠어. 손가락이 자꾸 눈을 찌르면 눈이 꺼지
니까.

나는 내 예쁜 얼굴이 보고 싶지 않아.

거울이 내 얼굴을 봐.

내 예쁜 얼굴을 보고 거울은 점점 예뻐져, 딱딱해져, 딱딱
하게, 딱딱하게,

"아, 난 내가 너무 좋아."

"아, 난 내가 가장 좋아."

"아, 난 나를 너무 좋아해."

심장도 빨간색.

빨간 집을 그리고 나서, 화가가 되려는 꿈을 버렸어.
나는 스무 살이 되고 싶었어. 그리고 정말로 스무 살이
됐어.

10

지금은 내가 가장 좋진 않아. 내가 싫은 건 아니야. 내가
좋지도 않지만 싫지도 않아.

자주 머리가 아파, 어지러워.

긴 낮.
그보다 긴 밤.

잠이 안 와.
새벽 3시, 아빠가 출근하는 소리가 들려올 때까지 잠들지

못할 때도 있어.

안 돼,
안 돼,

스무 살이 되고, 내 얼굴이 세상에서 가장 예쁘다는 말이
안 나와. 내가 너무 좋다는 말이 안 나와.

11

"난 나가고 싶어."

"노래는 보려고 하지 않아도 보여."

12

난 날 아무 곳으로도 데려가지 못해.
새처럼.

13

모습이 그려져.
모습이 그려진다는 게 뭔지 몰라, 몰라.

숲에 가고 싶지 않아.
숲에서 내가 뭘 해?

다른 집에 가고 싶어.
다른 집에는 사람들이 있어.
다른 집에서, 그곳에 살고 있는 사람들과 나는 얘기를 나
눌 거야.

사람은 나와 대화를 할 수 있는 존재.

14

스무 살이 되고, 내 몸이 불편하게 느껴지기 시작했어.
내 몸이 싫은 건 아니야.
난 춤을 추고 싶어.

아무도 원망하지는 않아.

난 내가 슬퍼.
슬픔이 오면 그냥, 그냥······.

열여덟 살 때부터 슬픔을 느끼기 시작했어.
슬프다는 감정이 문득 자주 와.
슬픔이 오면 그냥, 그냥······.

나는 설레고 싶은데, 날 설레게 하는 게 없어.

잠에서 깨어나고 싶지 않아.

15

슬픔이 깊어져.
사랑을 하고 싶은데 못 하니까.

오직 사랑.

나는 사랑이 하고 싶은데.
나는 사랑을 해야 하는데.

노래를 들어 주고, 노래를 불러 주고, 함께 노래를 듣고, 함께 노래를 부르고…… 노래, 노래, 노래…… 그게 사랑.

그녀의 얼굴에서 터지는 웃음.

잘생긴 남자하고 사랑이 하고 싶어.
목소리가 잘생긴 남자가 잘생긴 남자. 중저음에, 부드럽고, 달달하고, 노래를 잘해야 해.

사랑은 날 설레게 해.

그녀의 얼굴에서 터져 넘치는 웃음.

"아, 목소리가 너무 좋아."

16

난 노래를 부르며 살아야 해.

난 사람을 만나며 살아야 해.

난 사람과 말을 나누며 살아야 해.

난 사람과 사랑하며 살아야 해.

17

"나는 기다려."

빨간색, 심장, 태양, 열정―.
달이나 별은 모르겠어.

누가 날 찾아왔으면.

스무 살이 되고, 기다림이 시작됐어.

18

나는 밤보다 낮이 좋아.
낮에는 빛이 있어.
낮에는 손님이 와.

밤이 되면 손님은 가 버려.

나는 손님을 기다려.

아무도 안 와,

아무도 안 와,

"나는 그냥 앉아 있어."

19

그렇게 밤이 오고,

노래를 듣고,
노래를 따라 부르고.

고요한 밤.
우울한 밤.

딱딱하게, 딱딱하게,
나는 거울보다 더 딱딱해져.

20

나는 바다 앞에 누워 있어.

나는 바다보다 커.

나는 바다보다 깊어.

21

"만지고 싶지 않아."

"안 아파."

"두렵지 않아."

"보이지 않는 걸 만지는 게 두렵지 않아."

22

날다?

날아가다?

날아가는 소리는 알아.

"그리워."

"사람이 그리워."

"나와 얘기 나눌 수 있는 사람."

23

바다에는 바다만 있어.

바다는 색깔이 없어.
바다는 모습이 없어.
바다에는 소리가 있지만 노랫말이 없는 소리야.

엄마는 날 바다에 데려가고 싶어 해.
바다에 날 띄우고 싶어 해.

바다는 날 만져.
바다는 날 보지 못해.

24

내가 아기 때,
빛조차도 못 볼 때,
밤에도 눈을 감으려 하지 않았대.

아무도.

나는 눈을 감아.

눈을 감는다는 건 아무도 보고 싶지 않다는 거야.

보고 싶지 않다는 건 뭘까?

"내 마음을 받아 주세요."

보고 싶었어.

보고 싶다는 건 뭘까?

보면 심장이 뛰었어.

열다섯 살에 처음 사랑을 했어. 짝사랑이었어. 선생님을 보면 심장이 뛰었어. 선생님이 보고 싶어서 학교에 가는 게 즐거웠어.

선생님이 아프면 내 마음이 너무 아팠어.

공개수업 시간에 친구들과 다른 선생님들 앞에서 고백했어.

"내가 선생님을 너무 좋아하는 것 같아요. 내 마음을 받아주세요."

스무 살이 되면 사랑을 할 줄 알았어.

25

그녀 앞에 굽은 강처럼 놓인 나뭇가지.

그녀   *난 나무 막대기라고 부를래.*

엄마   비바람에 흔들리고 꺾였다고 생각하니 마음이
            아파.

그녀   난 안 아파.

엄마   난 마음이 아파.

그녀   난 안 아파.

나뭇가지가 흐른다,

흐르다,

그녀 앞으로 되돌아온다.

26

나는 노래를 좋아해. 따라 부를 수 있는 노래, 노랫말이 있
는 노래.

듣기만 해야 하는 음악은 싫어.

노래는 만지지 않아도 느껴져.

슬픈 노래는 날 울려, 슬픈 영화는 날 울리지 않아.

사랑은 오지 않고,

하루가 와,

매일이 와,

인생이 와.

내 인생이 와.

보이지 않아, 만져지지 않아, 목소리를 들려주지 않아.

27

나는 바다 앞에 누워 있어.

나는 바다보다 높이 있어.
나는 바다보다 멀리 있어.

멀리……:

그만큼.

가까이……:

그만큼.

보고 싶다는 갈망이 없었어. 보는 게 뭔지 모르니까……
보인다는 게 뭔지 모르니까…… 모르면서…… 보고 싶어…….

보고 싶어.

난 스무 살.

보고 싶어.

28

내가 빨간 크레파스로 그린 집에는 빨간 심장이 있어.
창문도, 문도, 지붕도 없지만
내 빨간 심장이 빨갛게, 빨갛게 넘쳐 나.

빨갛게, 빨갛게,
빨간 심장이 넘쳐 나 빨간 집이 돼.

내 빨간 심장이 뛰어, 빨간 집이 뛰어.

빨간 집은 비를 맞아도 빨개.
빨간 집은 눈을 맞아도 빨개.

빨간 집은 꺼지지 않아,
차가워지지 않아.

빨간 집에 떨어지는 나뭇잎들이 빨개져.
빨간 집에 다녀가는 나비들이 빨개져.

구름이 흐르다 빨간 집에 닿으면 빨간 심장이 돼.

29

노래가 없어.

듣기 좋은 소리가 없어.

난 엄청 솔직한 여자.
난 단순한 여자.
난 살아 있는 여자.

난 노래할 줄 아는 여자.
난 사랑을 두려워하지 않는 여자.
난 사랑을 고백할 줄 아는 여자.

"내 사랑을 받아 주세요."

아직 가지 마.

멀다는 게 뭔지 몰라,
가깝다는 게 뭔지 몰라.

나무는 그냥 멀리 있게 둬.

30

내 심장을 돌 위에 놓아요.
내 심장을 나무 위에 놓아요.

나만 외로워.
나만 느끼네.

나만 몰라.

나만 몰라, 몰라.

31   돌

돌은 초록색일 거야.
돌의 나이는 일곱 살? 여덟 살?
까끌까끌하고 삼각형이야.

돌은 나무 밑에 있었어.

누가 돌을 만들었을까?

누가 돌을 나무 밑에 가져다 놓았을까?

32

엄마   마음을 비워.

그녀   그게 돼?

엄마   넌 집착하고, 생각하고······.

그녀의 오른쪽 눈에 눈물방울이 맺힌다.

당신을 만나서 감사해. 그 말을 하고 싶어······.

왜 그런지 나도 모르겠어.

사랑.

33

서랍 속에 있을 거야.

서랍 속에 있었어.

서랍 속에 있는 걸 내가 봤어.

34

나무 막대기에 아무도 앉아 있지 않았으면 좋겠어.

빈 채로 있었으면 좋겠어.

처음엔 새가 와서 앉았으면 좋겠다고 생각했는데 다들 그렇게 생각할 거니까.

엄마	초록 잎이 돋아나고 꽃도 피었으면.
그녀	난 그냥 빈 채로 있었으면 좋겠어.
	난 그냥 나무 막대기를 숲에 가져다 놨으면 좋겠어.

숲은 멀어.

나무는 더 멀어.

나무는 집에 없어.

난 숲에 가고 싶지 않아.

사랑하는 사람이 함께 숲에 가자고 하면 갈 수도 있어. 숲에 가고 싶지 않지만 사랑하는 사람이 함께 가자고 하면……

35

오늘은
너를 원해.

어디에도 없는 너,
어느 시간에도 없는 너,

노래 제목은 '고백'이야.

그녀의 오른쪽 눈에 맺혀 있던 눈물이 흐른다.

오늘 밤 나는 노래 가사를 쓸 거야.

시작은.

'나는 왜 나에 대해 생각을 안 할까?'

검은색 양말을 신은 기타리스트

*

나는 검은색 양말만 신는다.

내 다섯 번째 기타는 검은색이다.

검은 기타의 검은 줄 여섯 개가 피처럼 빨갛게 흐른다.

내가 검은색 양말만 신는 것은 짝이 달라져도 사람들이 눈치채지 못하기 때문이다.

내 다섯 번째 기타가 검은색인 것은 검은색이기를 내가 바라서다.

검은색 양말만 신고, 내 다섯 번째 기타가 검은색이지만, 나는 검은색을 모른다. 나는 검은색을 본 적이 없으니까. 하지만 사람들은 내가 보고 있는 게 검은색일 거라고 생각한다.

내 다섯 번째 기타가 날 기다리는 게 느껴진다.
내 다섯 번째 기타가 날 그리워하는 게 느껴진다.

지난 밤에도 나는 기타가 날 몹시 그리워하는 걸 느끼며 깨어났다. 손을 뻗으면 닿는 곳에 기타가 있었지만 나는 모르는 척 시치미를 떼다 겨우 다시 잠들었다.
집을 나서기 전에 한번 안아 줄 걸 그랬나?
안아 주는 것만으로도 그리운 마음이 조금 풀릴 테니까, 줄 하나를 손가락으로 무심히 튕겨 주는 것만으로도.
기타가 날 그리워하는 게 느껴질 때면, 나는 기타를 놀이터 미끄럼틀 꼭대기에 두고 온 것 같은 기분이 든다.
미끄럼틀 꼭대기는 높다. 새 둥지만큼 높다.

오늘 밤 나는 기타를 치고 싶을 것 같다.
오늘 밤 나는 달에서 기타를 치고 싶을 것 같다.

내가 달에서 기타를 치고 싶은 이유는 달에는 아무도 없을 것 같기 때문이다.

나는 아무도 없는 곳에서 혼자 기타 치는 걸 좋아한다. 그래서 집에서 기타를 칠 때도 나는 방문과 창문을 전부 닫고 기타를 친다. 나는 누군가에게 들려주기 위해 기타를 치지 않는다.

내가 기타를 치고 싶다는 건 나 자신에게 하고 싶은 말이 있다는 거다. 그런데 그 말이 뭔지 모를 때, 그 말이 뭔지 알지만 말로 할 수 없을 때, 나는 기타를 품에 안고 줄 하나를 가만가만 손가락으로 튕긴다. 그럼 내가 하고 싶은 말을 기타가 들어주고 있는 것 같은 기분이 든다.

기타를 칠 때 나는 옆을 바라본다.

내가 옆을 바라보는 것은, 기타를 칠 때 기타가 내 품을 떠나 내 옆에 기우듬히 떠 있기 때문이다.

옆을 바라보는 것은,
옆으로, 옆으로 기울며 자신에게서 조용히 멀어지는 것이다.

나는 (어딘가에) 있는 나를 본 적 없다.
나는 (어딘가에) 없는 나를 본 적 없다.

기타의 검은 줄 여섯 개가 빨갛게 흐르는 것은 빨갛게 빨갛게 흐르길, 내가 바라기 때문이다.

내게 달에서 가만가만 튕길 줄 하나를 고르라면 1번 줄을 고를 것이다.

나는 빛을 보지 못하지만, 1번 줄을 손가락으로 튕길 때면 물고기 가시보다 가는 빛 가닥을 손가락으로 슬쩍 잡아당겼다 놓는 것 같은 기분이 든다.

미 음을 내는 1번 줄은 가늘고 까다롭고 예민하다. 그래서 그 줄이 내는 소리는 다른 줄이 내는 소리보다 섬세하고 예리하다.

열일곱 살 때 놀이터 벤치에서 기타를 처음 품에 안고, 처음 튕긴 줄도 1번 줄이었다.

지금 내 손은 낯선 남자의 어깻죽지 위에 놓여 있다.

남자의 눈이 감기는 게 느껴진다. 남자는 지난 수요일에도, 지지난 수요일에도 내게 안마를 받았다. 오늘처럼 밤 8시가 넘어 안마시술소 문을 짤랑 열고 들어섰다. 나는 발소리와 목소리, 숨소리, 무심결 중얼거리는 소리, 몸짓이 흐리는 소리, 체취와 숨을 토할 때 맡아지는 냄새로 남자를 기억한다.

학원 강사일까. 내가 11년째 안마사로 일하고 있는 안마소는 학원가에 있다. 안마소를 찾는 손님 대개는 학원 강사다. 목소리로 감지되는 나이는 오십 중반쯤? 나는 목소리로 나이와 성격을 짐작하곤 한다. 목소리도 나이가 든다. 목소리를 들으면 나이 든 게 보인다.

남자의 쇳덩이 같은 어깻죽지가 크게 꿈틀거린다.

나는 놀이터 벤치에서 1번 줄을 튕기던 검지로 날개뼈 안쪽을 꾹꾹, 선을 따라 눌러 준다. 사람의 날개뼈는 기타의 몸통을 닮았다.

날개뼈에 줄 여섯 개가 하나씩 긴 시차를 두고 떠오른다.

공기와 바람이 줄들 사이를 범람한다.

여섯 개의 줄이 뿌리 ·ᐧᐧᐧ처럼 흐른다.

상상은 내 머리가 아닌 손에서 펼쳐진다.

나는 머리로 상상하는 걸 모르거나 힘들어한다. 머리로 상상하려 하면 목소리가 들려온다. 어떤 목소리가 들려오다 또 하나의 목소리가 들려온다. 그리고 또 하나의 목소리, 또 하나의 목소리, 또 하나의 목소리…… 목소리들은 화가 나 있거나, 겁에 질려 있거나, 짜증스럽거나, 신경질적이거나, 무뚝뚝

하거나, 아무 말이 없다.

나는 날개뼈에 흐르는 줄 하나를 당겼다 놓는다.

줄이 무게감 있게 진동하며 미 음을 토한다.

묵직한 미 음이 앞구르기를 하듯 굴러가며 바위처럼 부풀어
오른다.

날개뼈가 기타로 변신한다.

미 음을 내는 줄은 6번 줄이다. 기타의 여섯 개의 줄들이
내는 음들 중 가장 듬직해서 기타를 조율할 때 나는 6번 줄
을 가장 먼저 맞춘다.

나는 5번 줄을 튕기려 구부리던 손가락을 황급히 거둬들인다.

5번 줄이 내는 라 음에는 슬픈 느낌이 있다. 그래서 5번 줄
을 한 번, 두 번, 세 번…… 튕기다 보면 기분이 울적해진다.

울림통이 없네.

날개뼈는 바늘만 한 여백도 없이 닫혀 있다.

울림통이 없는 기타는 메아리 없는 산이다.

내 다섯 번째 기타는 통기타이고 울림통이 있다. 내 첫 번째 기타도, 두 번째 세 번째 네 번째 기타도 통기타였고 울림통이 있었다. 새 기타를 장만할 때마다 나는 울림통이 더 깊은 걸 찾았다. 그래서 다섯 번째 기타는 그동안 날 거쳐 간 어떤 기타보다 울림통이 깊다. 울림통이 깊으면 소리도 깊다.

나는 손가락을 구부리고, 아기의 엉덩이를 간지럼 태우듯 줄들을 아래서 위로 훑는다.

미, 시, 솔, 레, 라, 미, 미, 시, 솔, 레, 라, 미……

이렇게 마냥 줄들을 아래서 위로 훑고 훑으면 날개뼈가 열리고 울림통이 생길 것이다.

나는 간혹 기타의 줄들을 손가락으로 훑어 주곤 하는데 그럼 울림통이 깊어지며 어느 순간 줄들이 떠오른다.

여섯 개의 줄이 검은 물고기 ⁖⁖⁖ 떼처럼 흐르며 떠오른다.

"손이 무척 따뜻해요."

남자가 잠꼬대처럼 중얼거린다.

"아, 한겨울에도 식을 줄 모르는 난로 같은 손이랍니다."

내 말에 남자가 웃는다.

안마사 경력 25년째인 내 손은 작은 편이다. 손 크기에 비해 손가락이 긴 편이긴 해도 기타를 연주할 때마다 나는 내 손가락이 더 길었으면 하고 바라게 된다. 그리고 내 손은 겁이 많다. 보이지 않는 걸 만지려 하지 않는다. 그런데 세상은 내 눈에 보이지 않는 것들로 이루어져 있다. 그래서 나는 세상을 향해 손을 뻗지 않는다. 지하철에서 옷자락 같은 게 살짝 스쳐도 손이 움츠러드는 내가 안마사가 된 것은, 선천성 전맹인 내가 선택할 수 있는 직업이 그것 말고는 없다고 생각했기 때문이다. 내 손은 점점 더 겁이 많아지고 있다. 그래서 나는 거리에서, 지하철역에서, 지하철 안에서 손을 잡바나 바지 주머니에 숨기듯 슬그머니 집어넣곤 한다.

어릴 때 내 손은 겁이 없었다. 내 손은 끊임없이 닿고 싶어 하고, 만지고 싶어 하고, 움켜쥐려 했다. 나는 마구 손을 뻗었고, 무엇인가가 닿거나 잡혀 오면 0.1초도 망설이지 않고 움켜쥐었다. 플라스틱 장난감, 빗, 사과, 포도, 전선줄, 연필, 비누, 동전, 못, 돌멩이, 성냥, 칼, 엄마 화장품, 머리카락…… 티브이 같은 커다란 물건도 나는 손에 움켜쥐려 했다. 내가 아무리 허우적거려도 손가락 끝에 닿는 게 없으면 알 수 없는 공포

감에 사로잡혀 발작적인 울음을 터뜨렸다. 내가 닥치는 대로 움켜쥐려 해서 어머니는 집안일을 하는 동안 내 두 손에 플라스틱 재질의 장난감 수갑을 채워 놓곤 했다.

내 손이 만지는 걸 두려워하기 시작한 건 일곱 살 여름을 보내고 나서부터다. 세 살 터울이던 누나가 어느 날 학교 앞 문방구에서 병아리 한 마리를 사 왔다. 누나는 병아리가 내는 삐약삐약 소리만 들려주고 내가 병아리에 손도 대지 못하게 했다. 내가 자신의 물건을 함부로 만져 부러뜨리거나 망가뜨리곤 하자 누나는 크레파스 같은 학용품을 내 손이 닿지 못하는 곳에 꼭꼭 숨겨 두었다.

누나에게는 보이는 병아리가 내게는 보이지 않아서 나는 화가 났다. 보이지 않는 것 때문에 화가 난 것은 그때가 처음이었다. 병아리가 너무나 만져 보고 싶던 나는 누나가 주산학원에 가려 집 현관문을 나서자마자 삐약삐약 소리로 병아리를 찾아냈다. 병아리는 누나의 책상 위 네모난 종이 상자 속에 들어 있었다. 나는 종이상자 속으로 손을 뻗었다.

밥 짓는 냄새와 갈치 굽는 냄새가 집 안 가득 퍼져 있을 때 집에 돌아온 누나가 울먹이면서 내는 소리가 내게 들려왔다.

"엄마, 병아리가 죽었어!"

맹학교 놀이터, 아카시아나무 아래 벤치에서 기타를 치던 시간들이 떠오른다. 내가 12년 동안 다녔던 맹학교에는 놀이터가 있었다. 수업이 없는 토요일 오후나 일요일에 나는 놀이터 벤치에서 혼자 기타를 치곤 했다. 그날은 일요일 늦은 오후였다. 월요일에 있을 시험 과목을 공부하던 나는 답답함을 견디지 못하고 기타를 들고 놀이터로 나갔다. 벤치에 앉아, 시들어 떨어지는 아카시아꽃을 맞으며, 1번 줄을 반복해 튕기던 나는 문득 높은 곳에서 기타를 치고 싶은 갈망을 느꼈다. 높은 곳에서 기타를 치면 어떤 느낌일지 궁금했다. 놀이터에서 가장 높은 곳은 미끄럼틀 꼭대기였다. 나는 한 손으로 기타를 안고 더듬더듬 미끄럼틀 꼭대기로 올라갔다.

여섯 개의 줄이 양⸳⸳⸳ 떼처럼 흐르며 떠오른다.

미끄럼틀 꼭대기는 달이다.

달에서는 '알람브라 궁전의 추억'을 연주해야 한다. 그런데 나는 아직 그 곡을 연주할 줄 모른다. 그 곡을 연주하려면 트레몰로 주법을 익혀야 한다. 꼭 달에서가 아니더라도 죽기 전에 처음부터 끝까지 그 곡을 완벽하게 연주해 보고 싶다. 그래서 나는 요즘 틈틈이 트레몰로 주법을 연습하고 있다. 지하철을 기다리며, 지하철을 타고 가며, 바지 옆 미싱으로 박아 봉한 줄을 기타 줄 삼아 손가락을 굴린다.

여섯 개의 줄이 당나귀 ⋰∵"⋰ 떼처럼 흐르며 떠오른다.

나는 줄 하나를 튕긴다.

시 음이 성당 종소리처럼 울린다.

시 음을 내는 2번 줄을 튕길 때면 고요히 잠든 세상을 향
해 종을 치고 있는 것 같은 황홀하고 경건한 기분이 든다.

남자의 눈이 떠지다 도로 감기는 게 느껴진다. 나는 안마
를 받고 있는 손님이 눈을 감고 있는지, 뜨고 있는지 숨소리
로 안다. 눈을 뜨고 내는 숨소리와 눈을 감고 내는 숨소리는
미묘하게 다르다.

눈을 감고 내는 숨소리는 깊다. 등 밑바닥에서 울려 나온다.

여섯 살 무렵까지 나는 내가 보지 못한다는 걸 알지 못했
다. 보지 못한다는 게 뭔지 알지 못했다.

눈동자라는 감각 기관이 사람에게 있다는 걸 알고 나서,
나는 내가 보지 못하는 이유가 내게는 눈동자가 없기 때문인
줄 알았다.

부모님이 큰집에 제사를 지내러 가서 누나와 나 둘이 집
을 보던 날 밤이었다. 여덟 살이 됐지만 부모님은 나를 초등학

교에 입학시키지 않고 집에 데리고 있었다. 맘껏 뛰어놀고 싶어서 어머니 몰래 집 밖으로 나갔다 배달 오토바이에 치이는 사고를 당한 뒤로 나는 집에만 있으려고 했다. 그즈음 나는 나만 보지 못한다는 걸 어렴풋이 깨닫고 있었다. 유치원이나 학원 같은 데를 다닌 적이 없어서 친구를 사귀지 못한 내게 누나는 유일한 놀이 상대였다. 아버지의 벌이가 시원찮아 어머니는 누나가 학교에서 돌아오면 나를 누나에게 맡기고 식당에 일을 다녔다. 나 때문에 친구들과 놀지 못하는 걸 억울해하면서도 누나는 내게 저녁을 챙겨 먹이고, 동화책을 읽어주고, 종이접기 같은 걸 가르쳐 줬다. 밤이 깊어지고 집에 누나와 나, 둘만 있다는 사실이 무서워지기 시작한 나는 불쑥 누나에게 말했다.

"누나, 난 눈동자가 없어."

"응?"

"내 얼굴에는 눈동자가 없어."

"아니야, 네 얼굴에도 눈동자가 있어."

"거짓말!"

"정말이야. 네 눈동자는 육각형이고 흰색이야."

육각형이고 흰색인 것은 눈[雪]이다.

시, 시, 시, 시, 시……

내 눈동자는 떨어지고 있고 녹고 있다.

　나는 때때로 초콜릿 상자처럼 네모난 자동차 안에서 기타를 치고 싶다. 자동차는 잔디밭 위에 멈춰 있다. 나는 조수석에 앉아 있다. 차창은 전부 끝까지 닫혀 있다. 날이 밝아 오고 있어서 햇빛이 차창으로 들이친다. 나는 내 얼굴이 햇빛을 받아 따뜻해지는 걸 느낀다. 나는 기타의 줄 하나를 튕긴다. 줄이 튕겨 올랐다 가라 앉으며 내는 소리가 새지 않고 차 안에 고스란히 고인다.

　나는 때때로 동굴에서 기타를 치고 싶다. 동굴에는 바위가 있다. 나는 기타를 끌어안고 바위 위에 앉아 있다. 동굴 어딘가에서 물방울이 똑똑 사분의 일 박자로 떨어지는 소리가 들린다.

　남자의 등이 부풀어 오르며 어깻죽지에 힘이 들어간다.

　날개뼈에 흐르는 여섯 개의 줄이 팽팽하게 당겨진다.

　한순간 남자의 어깻죽지가 파도처럼 들썩인다.
　파도처럼 들썩인다는 건……

나는 파도를 본 적 없지만 바다 앞에 오래 앉아 있었던 적이 있어서 그 느낌은 안다.

달에서 내가 알람브라 궁전의 추억을 연주할 때, 검은색 양말을 신은 내 발밑에서 파도 소리가 들려왔으면…….

내가 기타를 칠 수 있었던 건 기숙사에서 한 방을 썼던 형 덕분이다. 저시력이던 그 형은 일반 학교에 다니다, 수업을 따라갈 수 없을 만큼 시력이 나빠지자 맹학교로 전학을 왔다. 내가 기타에 관심을 보이자 그 형이 말했다.

"기타를 치면 여자 친구를 사귈 수 있어."

"정말요?"

"여자애들은 기타 치는 남자를 멋지다고 생각해. 쳐 볼래?"

형이 불쑥 내미는 기타를 나는 얼떨결에 끌어안았다. 헤드가 내 턱을 쳐 왔다.

형은 어색하게 기타를 끌어안고 있는 내 자세를 잡아 주고, 내 오른손을 들어 기타의 줄들 위에 놓아 주었다.

"기타에는 줄이 여섯 개 있어. 미, 시, 솔, 레, 라, 미."

형은 내 손을 잡고 줄을 하나씩 튕겨 보이며 말했다.

"형, 기타는 줄이 왜 여섯 개예요?"

"여섯 개로 충분하니까."

"여섯 줄로 충분해요?"

"응, 여섯 줄로 어떤 곡이든 연주할 수 있으니까. 엄지손가락으로 그냥 아무 줄이나 튕겨 봐."

내가 줄을 튕길 엄두를 못 내고 머뭇거리자 형이 다시 말했다.

"뜯는다는 생각으로 튕겨 봐."

나는 엄지손가락으로 줄을 당겼다 놓았다.

그날부터 나는 형의 기타로 여섯 개의 줄이 내는 음을 익혀 나갔다.

일 년에 한두 번, 나는 옥상에 올라가 죽은 병아리를 생각하며 기타의 3번 줄을 백 번쯤 반복해서 튕긴다.

3번 줄이 내는 솔 음은 병아리의 심장 박동 소리를 닮았다.

3번 줄을 초침 돌아가는 속도로 튕기다 보면 죽은 병아리가 되살아날 것만 같다.

20년 전 아버지와 기타를 사러 오봉기타 공장을 찾아가던 날이 떠오른다. 고등학교 1학년이던 해 여름방학이었다. 나는 아홉 살에 학교에 들어가 열여덟 살이었다. 부모님은 나처럼 보지 못하는 아이들이 다니는 학교가 있다는 걸 알고는 나를 그 학교에 입학시켰다. 나는 집을 떠나 기숙사에서 지내며 학교에 다녔다.

학교에 날 보러 온 아버지는 놀이터 벤치에서 기타를 끌어 안고 줄들을 튕기고 있는 내 모습을 우연히 봤다. 여름방학을 보내러 집에 온 내게 불쑥 물었다.

"기타 사 줄까?"

"기타요?"

아버지는 아침을 먹자마자 나를 데리고 집을 나섰다. 우리 는 걸어서 기타 공장까지 갔다. 기타 공장은 집에서 그리 멀 지 않은 곳에 있었다.

나무 냄새, 본드 냄새를 맡으며 내 앞에 말없이 서 있는 기 타들을 느끼고 있던 내게 아버지가 말했다.

"골라 봐."

나는 기타 하나를 들고 줄을 튕겨 봤다.

다섯 개쯤 줄을 튕겨 보고 나서 나는 아버지에게 말했다.

"이 기타로 할래요."

*

남자가 눈을 뜨는 게 느껴진다.

"어제 지하철역에서 봤습니다."

"……?"

"저하고 같은 지하철을 타고 퇴근하시던데요."

"아, 그런가요?"

나는 지하철로 출퇴근을 한다. ○○안마소의 출퇴근 시간
이 정해져 있기도 하지만 나는 강박적이라는 소리를 들을 만
큼 정해진 시간에 정해진 노선대로 움직이는 걸 선호한다. 고
정된 레일 위를 일정한 속도로 순환하는 지하철처럼 내 일
상은 변화 없이 반복된다. 오전 8시 30분에 옷을 챙겨 입고
현관으로 걸어간다. 전날 벗어 놓은 자리에 그대로 놓여 있
는 단화를 신고 집 현관문을 나선다. 3층에서 1층까지 흰 지
팡이나 난간에 의지하지 않고 성큼성큼 단번에 계단을 내려
간다. 빌라 입구 앞 골목을 걸어 나가, 대로에서 신호등이 있
는 횡단보도를 건너자마자 우회전, 150미터쯤 직진하다 배달
오토바이 여러 대가 서 있는 중국 음식점에서 다시 우회전,
ㅂ지하철역까지 곧장 50미터쯤 걸어간다. 3번 출구의 계단 열
아홉 개를 내려가 점자 보도블록을 따라 개찰구까지 걸어
간다.

"실은 지하철역에서 여러 번 봤습니다."

"아……."

"늘 같은 자리에 서 계시던데요."

ㅎ지하철역 상행선 2-1.

퇴근 후 나는 늘 그 자리에서 지하철을 기다린다. 퇴근 시간은 밤 10시고, 안마소에서 ㅎ지하철역까지 걸어가는데 10분 남짓 걸린다. 별일이 없는 한 나는 밤 10시 20분에서 30분 사이에 2-1의 점자 보도블록 위에서 지하철을 기다린다. 오늘 밤에도 나는 그곳에서 지하철을 기다릴 것이다. 터널에서 불어오는 퀴퀴한 바람을 맞으며 서 있다, 지하철이 도착하면 그곳을 떠날 것이다.

내가 일상에서 변칙을 두지 않으려 애쓰는 것은 그래야 덜 불안하고 안전하기 때문이다. 넉 달 전 ㅎ지하철역 6번 출구가 에스컬레이터 설치 공사로 폐쇄된 적이 있었다. 그 사실을 모르고 있던 나는 평소처럼 개찰구를 나와 6번 출구 쪽으로 걸어갔다. 6번 출구가 막힌 걸 알고 당황한 나는 지하철역 안을 헤매다 8번 출구로 나갔다. ㅎ지하철역에는 출구가 아홉 개나 있다. 나는 지상으로 나오자마자 길을 잃었다.

"매번 뭔가를 바라보고 계시던데요."

"제가요?"

"네." 남자가 웃는다.

그랬나? 서 있을 때 나는 얼굴을 앞을 향하고 있다. 대기실 같은 곳에서 의자에 앉아 있을 때도. 길을 걸어갈 때도 얼굴을 똑바로 하고 걷는다. 나는 여간해서는 얼굴을 움직이지 않는다.

"뭐라고 했나요?"

"네?"

"내게 뭔가 물어오신 것 같은데⋯⋯?"

나도 모르게 소리 내 중얼거렸던 걸까. 어릴 적부터 나는 혼잣말을 하는 버릇이 있는데 요즘 들어 부쩍 자주 그런다.

"음, 참새나 비둘기 같은 새들에게는 사람이 어떻게 보일까요?"

나는 떠오르는 대로 중얼거린다.

남자의 눈이 천천히 떠지는 게 느껴진다.

"저는 어떻게 보이나요?"

"네?"

"저 말입니다. 저는 어떻게 보이나요?" 남자의 목소리는 몹시 메말라 있어서 절박하게 들린다.

안마시술소의 안마사들은 시각장애인들이다. 남자가 모르고 안마시술소를 찾지는 않았을 것이다.

혹시 눈동자 때문에 남자는 내가 볼 수 있을 거라고 생각하는 걸까?

남자가 봤을 눈동자. 그것은 내 눈동자가 아니다. 그것은 내 진짜 눈동자를 가리고 있는 의안, 가짜 눈동자다.

맹학교를 졸업할 즈음 나는 가짜 눈동자를 맞췄다.

떨어지고 있고 녹고 있는 내 진짜 눈동자가 사람들에게 혐오감을 불러일으키고 공포감마저 일으킨다는 걸 나는 친척의 결혼식장에서 얼떨결에 깨달았다. 어린 여자아이가 무섭다며 울먹이는 소리를 듣고서. 내 눈동자를 쳐다보며 울먹이고 있다는 걸 나는 보지 않고도 알 수 있었다.

진짜 눈동자처럼 생겼지만 시력이 전혀 없는 가짜 눈동자는 날 꽤나 고통스럽게 했다. 돌멩이 같은 그걸 넣고 있는 동안 나는 눈구멍을 송곳으로 찌르는 듯한 통증을 견뎌야 했다. 전에 없던 두통도 심했지만 안마시술소에서 일하는 동안 나는 벌을 받듯 가짜 눈동자를 눈구멍에 끼우고 버텼다.

눈구멍이 가짜 눈동자에 적응하면서 통증에 무디어진 뒤로 나는 그걸 종일 눈구멍에 끼우고 지낸다. 몹시 피곤한 날은 가짜 눈동자를 눈구멍에 넣은 채 잠들기도 한다.

남자의 눈이 도로 감기는 게 느껴진다.

"잠들어도 될까요?"

"네, 잠깐이라도 주무세요."

"혹시 내가 너무 깊이 잠들면 깨워 주세요."

"네, 주무세요."

남자는 그러나 잠들지 못한다. 잠들고 싶어 하면서도 잠들지 않으려 애쓰는 게 느껴진다.

"사람처럼 보여요."

내가 애써 생각해 내 건넨 대답에 남자는 아무 대꾸가 없다.

사람처럼 보인다는 건 뭘까?

레.

기타의 4번 줄이 내는 레 음을 듣고 있으면 숲에 와 있는 기분이 든다.

레, 레, 레, 레……

숲이 깊어진다.

검은색 양말을 신은 내 발이 검은 새가 되어 숲을 날아다닌다.

문득 2-1에서 기타를 연주하는 것도 나쁘지 않을 것 같은 생각이 든다.

2-1이 나는 우주정거장 이름 같다.

평소 티브이를 거의 보지 않지만 나는 간혹 혼자 공상과학 영화를 즐긴다. 극장에서 처음 관람한 영화도 공상과학영화였다. 현실에 존재하는 공간이 배경인 드라마나 영화를 보면 머리가 아프다. 티브이 화면에서 펼쳐지는 장면을 상상하려 애쓰게 되기 때문이다.

나는 내 앞의 식탁을 상상하는 것보다 나로부터 118킬로미터 떨어진 우주 공간을 상상하는 게 쉽다.

내가 누워 있는 침대를 상상하는 것보다 우주 공간을 상상하는 게 쉽다.

우주는 내 마음껏 상상할 수 있다. 아니, 상상하지 않아도 된다. 상상하려 애쓰지 않아도 된다. 나는 그냥 우주라는 공간을 느끼면 된다. 시작도 끝도 없고, 깊이도 넓이도 가늠할 수 없으며, 붙잡을 것 하나 없는 망망한 곳에서, 과거 현재 미래라는 시간 구분도 없이 검은 공간을 홀로 한없이 느리게, 떠다니는 것 같은 기분, 그것이 내가 느끼는 우주라는 공간이다.

"저는 사람에게는 사람이 어떻게 보일까 궁금합니다. 사람에게는 사람이 어떻게 보일까……."

남자가 잠꼬대처럼 중얼거리며 잠에 빠져 든다.

아, 목소리가 있었으면……

기타를 연주할 때 나는 대개는 혼자이고 싶지만, 목소리가 있었으면 싶을 때도 있다. 내 기타 연주에 맞추어 흥얼거려 줄 목소리가 있었으면…….

내가 보지 못한다는 걸 의식하지 못했을 때, 나는 다른 사람들도 나처럼 보지 못하는 줄 알았다. 내가 나 자신을 보지 못하듯, 다른 사람들도 자기 자신을 보지 못하는 줄 알았다.

나는 요즘 다시 다른 사람들도 실은 자기 자신을 보지 못하는 게 아닐까, 하는 의심에 사로잡히곤 한다. 실은 나처럼 자기 자신을 한 번도 본 적이 없는 게 아닐까.

아무에게도 말하지 않는 비밀이 있는데, 내 눈동자는 *보고 있다.*

떨어지고 있고 녹고 있으며 *보고 있다.*

내 눈동자가 보고 있는 것 그것이 뭔지 모르겠다.

그것은 색일까, 물질일까, 어떤 움직임 같은 걸까.

날개뼈가 열린다.

여섯 개의 줄이 오리⋯ 떼처럼 흐르며 떠오른다.

나는 날개뼈를 품에 안고 줄들을 가만가만 훑으며 떠오른다.

검은 양말을 신은 내 두 발이 떠오른다.

나는 달까지 떠오른다.

달은 고요하고 모래 바람이 분다.

나는 아직 트레몰로 주법을 익히지 못했다. 그래서 알람브라 궁전의 추억을 연주하지 못한다.

나는 달에서 날개뼈를 끌어안고 가만히 있는다.

우주 저 어디선가 병아리가 솔, 솔, 솔, 솔, 솔 심장 박동 소리를 내며 날고 있다.

사람처럼 보인다는 건 뭘까?

내 눈동자는 떨어지고 있고 녹고 있으며 보고 있다.

무지개 눈

나는 눈동자를 보고 있다. 11층에 멈춰 있는 엘리베이터 거울 속 눈동자는 내 눈동자다. 나는 눈동자를 살짝 째려보며 내 얼굴에 눈동자가 존재한다는 걸 스스로에게 일깨운다. 눈동자가 있다는 걸 스스로에게 확인시켜 주는 것만으로 안도감이 들기 때문이다.

　한순간 얼굴이 증발하듯 사라지고 두 눈동자만 덩그러니 우주에 떠 있는 두 행성처럼 거울에 남는다. 두 행성 사이에는 빛의 속도로만 측정 가능한 시차가 있다. 나는 멀미를 달고 사는데 두 눈동자 사이에 발생한 시차 때문이다. 게다가 두 눈동자는 진동 속에 있다. 내 얼굴이 베개 위에 돌처럼 놓여 있을 때조차 두 눈동자는 아래위로 진동하고 있다. 그래서 두 눈동자가 바라보는 사물들도 덩달아 진동한다. 의자, 문, 벽, 나무. 두 눈동자가 진동하는 한 세상에 고정된 것은 없다.

내 눈동자의 진동 속도는 0.07초쯤 된다. 내 의지로 진동을 멈출 수 없지만 속도 조절은 가능하다. 눈동자에 들어가는 힘을 조절함으로써, 눈동자의 진동 속도를 세 배속 빠르게 할 수 있다.

두 눈동자가 진동하며 오른쪽으로 쏠린다. 종종 있는 일로 왼쪽 눈동자보다 오른쪽 눈동자 시력이 그나마 좋아서다. 내가 보는 세상은 시력이 0.02인 오른쪽 눈동자가 보는 세상으로, 아홉 살 때 나는 안구진탕증과 함께 선천성 저시력 판정을 받았다. 그때까지 나는 세상이 간유리 너머로 들여다보듯 어렴풋하고 일그러져 보이는 걸, 흔들리는 걸 이상하게 생각하지 않았다. 나는 세상이 원래 그렇게 몽롱하고 쉼 없는 진동 속에 있는 줄 알았다.

엘리베이터가 출렁이더니 1층까지 곧장 추락한다.

습기를 잔뜩 머금은 바람에서 한여름의 짙은 풀냄새와 석유 냄새가 난다. 아파트에서 멀지 않은 곳에 주유소가 있다. 하늘, 구름, 태양, 초록빛 얼룩이 드문드문 떠다니는 벌판, 도로, 마을버스 정류장 표지판……. 또렷하게 보이는 것은 없지만 그렇다고 아무것도 보이지 않는 것도 아니다.

나는 하늘을 올려다본다. 내가 보고 있는 것은 하늘이 아니라 하늘에 깔린 색깔이다. 전체적으로 옅은 파란색이고 아래쪽으로 갈수록 짙어지고 있다. 서쪽 하늘에는 흰색과 옅은 회색이 언뜻언뜻 섞여 떠돌고 있다. 그리고 하늘 어딘가에서 까마귀가 날고 있다. 이곳에는 까마귀가 많고 점점 더 많아지고 있다. 나는 혼자 날아가는 까마귀는 보지 못하지만 무리 지어 날아가는 까마귀들은 볼 수 있다.

내가 살고 있는 아파트는 도심에 조금 멀리 떨어진 외진 곳에 자리하고 있다. 가장 가까운 지하철역인 병점역까지 가려면 배차 간격이 20분인 마을버스를 타고 15분쯤 가야 한다. 마을버스는 대형 마트와 자전거 부품 공장과 물류창고와 아파트 단지 두 곳을 지나고, 대규모 아파트 단지가 들어서고 있는 벌판 사이로 난 6차선 도로를 달리다 병점역 앞에서 하차한다.

나는 4차선 도로 옆 인도를 걸어 내려간다. 두 눈동자가 진동해서 나는 진동하며 걷는다. 그래서 두 발이 박히다 만 못처럼 헛돈다.

안경을 쓰면 세상이 훨씬 선명하게 보이지만 나는 안경을 일부러 책상 위에 두고 나왔다. 안경을 쓰면 사물이 가로세로 1센티미터쯤 줄어들어 보인다. 줄어들어 보이는 것보다 흐리게 보이는 게 낫다. 특히 사람 얼굴을 볼 때 더 그렇다. 가로

세로 1센티미터가 줄어들면서 찌그러진 얼굴은 내게 외계 생명체를 보는 것 같은 낯설고 기묘한 느낌을 준다.

버스에서, 지하철에서, 패스트푸드점에서 나는 모르는 사람의 얼굴을 빤히 쳐다보곤 한다. 얼굴은 빗물 얼룩처럼 흐리다. 그래서 입술 색이 번지며 만들어 내는 모양으로 표정을 짐작한다. 끈질기게 쳐다보다 보면 얼굴이 살짝 선명해지는 순간이 있다. 하지만 그 순간은 번개처럼 지나가 버린다.

사람들의 얼굴은 물속 깊이 가라앉는 물고기처럼 점점 흐릿해지고 뭉개지고 멀어지고 있다. 그것은 내 시력이 나빠지고 있다는 뜻이다. 아홉 살 때 0.08이던 오른쪽 눈의 시력은 점점 떨어져 스무 살이 되던 해 0.02로 떨어졌다.

내가 사람 얼굴을 쳐다보는 것은 눈동자가 보고 싶어서다. 다른 사람들 얼굴에도 눈동자가 있다는 걸 확인하고 싶어서다.

마을버스 정류장 표지판 너머 구름에 내 눈길이 간다. 모차렐라치즈 덩어리 같은 구름이 불쑥 내게 레의 눈동자를 떠올리게 한다.

'레…… 그런 애가 있었지.'

내가 레의 눈동자를 본 것은 우연이었다. 고등학교 3년 내내 같은 반이었지만, 레의 눈동자는 거의 항상 눈꺼풀에 덮여 있었다. (아마도) 카스텔라처럼 폭신하고 부드러울 눈꺼풀이 소리 없이 열리며 눈동자가 드러나는 순간이 아주 간혹 있었는데, 그때 그 애의 눈동자를 봤다.

레는 선천성 전맹으로 세상에 태어나 빛도 본 적 없다. 빨강, 노랑, 파랑 같은 색깔도 본 적 없지만 그 애는 사과가 빨간색이라는 걸 알고 있다. 사과도 본 적 없는 그 애는 '사과는 빨개.'라고 말할 때 머릿속으로 뭘 떠올릴까? 레는 그냥 '사과는 빨개.'라는 문장을 앵무새처럼 중얼거리는 게 아닐까?

레가 처음 내게 말을 걸어온 것은 내가 일반 중학교를 졸업하고 진학한 특수학교에서 같은 반이 된 지 한 달쯤 지나서였다. 고작 다섯 명인 반 아이들 중 나를 제외한 네 명이 레처럼 빛조차 보지 못하는 전맹이었다. 저시력인 나는 소외감 같은 걸 느끼며 겉돌고 있었다.

쉬는 시간에 레가 갑자기 높고 밝은 목소리로 내 이름을 불렀다.

"파, 꿈에 네가 나왔어!"

"내가?"

"응, 어젯밤 내 꿈에 네가 나왔어."

"내가 어떻게 나왔는데?"

"꿈에 네 목소리가 날 불렀어."

"……?"

"레, 레, 레, 레……." 레는 음정을 높이며 자신의 이름을 불렀다. "네 목소리였어. 난 대답을 안 했어. 레, 레, 레……. 네 목소리가 계속 날 불렀어."

레는 내 모습을 본 적 없다. 교실에서 그 애는 내 목소리를 듣고 내 존재를 알아차렸다. 그 애처럼 선천성 전맹인 사람의 꿈에 누군가 나왔다는 것은 모습이 아니라 목소리가 들려왔다는 뜻이라는 걸, 나는 그 애가 들려준 꿈 얘기를 듣고서야 알았다.

"파" 하고 부르며 곧잘 말을 걸어오던 레가 나를 새침하게 대하기 시작한 것은 바다 얘기를 나누고 난 뒤부터였다. 여름방학을 보내고 다시 학교로 돌아온 나는 침울히 앉아 있었다. 1교시가 끝나자마자 레는 흥분한 목소리로 여름방학 동안 이모네 가족과 양양 앞바다에 놀러 갔던 얘기를 아이들에게 들려줬다.

"나는 엄마가 새로 사 준 노란색 수영복을 입고 바다에 들어갔어. 바다가 아주 파랬어. 바다는 파란색이니까."

"바다는 여러 색깔이야." 나는 그냥 별생각 없이 그렇게 말했다.

"여러 색깔?" 레가 차갑게 돌변한 목소리로 물었다.

"한 가지 색깔이 아니라 여러 색깔. 파란색, 하얀색, 남색, 보라색, 은색, 회색……." 나는 초등학교 3학년 때 봤던 주문진 바다에 떠돌던 색깔들을 떠올리며 나열하듯 중얼거렸다.

레도, 레의 말을 귀담아듣던 아이들도 조용해진 걸 깨닫지 못하고 나는 계속 중얼거렸다.

"그리고 바다마다 색깔이 달라. 내가 봤던 바다들은 색깔이 다 달랐어."

레의 눈꺼풀이 올라가며 눈동자가 드러난 것은 그때였다. 그 애의 눈꺼풀이 파르르 떨리더니 마른 나뭇잎이 말리듯 올라가며 눈동자가 드러났다. 꽃받침처럼 펼친 양 손바닥 위에 턱을 괸 그 애의 얼굴은 내 얼굴과 무척 가까이 있었다. 게다가 나는 안경을 쓰고 있었다. 그 애의 눈동자가 드러나는 순간 나는 몹시 놀랐다. 눈동자는 내가 그동안 봤던 눈동자들과 무척 달랐다. 나는 새의 눈동자를 보지 못했지만 그 애의 눈동자는 새의 눈동자 같다고 생각했다.

레는 어떻게 살고 있을까? 졸업 후 나는 그 애 소식을 전혀 듣지 못했다. 레와 단짝이었던 미의 소식은 두 주 전쯤 솔에게서 들었다.

나는 솔에게 레의 소식을 물어보려다 말았다. 내가 레에게 관심이 있다고 오해할지도 모르기 때문이다. 4년제 대학교 사회복지학과에 진학한 솔은 불쑥 내게 전화를 걸어오곤 한다. 시각장애가 없는 학생들에 맞춘 학과 진도를 따라가느라 얼마나 답답하고 힘든지 털어놓다 전화를 끊는다. 일반 학생들은 한두 시간이면 충분한 과제를 작성해 제출하기 위해 솔은 대여섯 시간을 들여야 한다. 사회복지사가 되고 싶어서 그 학과에 진학했지만 전맹인 자신이 사회복지사로 살아가려면 얼마나 큰 인내와 노력을 기울여야 하는지 뒤늦게 깨닫고 고민이 많다.

레와 미는 여전히 친하게 지낼까? 솔이 전한 소식에 따르면, 미는 특수학교를 졸업하고 서울 여의도에 있는 보험회사에 헬스키퍼로 취직했다. 그 애는 월요일부터 금요일까지, 경기도 산본에서 여의도까지 지하철을 두 번 갈아타고 보험회사에 출근한다. 헬스키퍼 경력이 16년 차인 (미가 란 언니라고 부르는) 시각장애인과 함께 보험사 직원들에게 안마를 해 준다. 미는 란 언니를 친언니처럼 따르고, 퇴근 후 그녀와 함께 극장에서 영화를 보고 쇼핑하는 게 커다란 즐거움이지만, 그녀와 함께 있으면 문득문득 이유도 없이 슬퍼진다. 그녀와 함께 지하철을 타고 가다 슬퍼져서 눈물을 흘린 적도 있다. 마흔 살인 란 언니는 미처럼 선천성 전맹으로, 노량진역 근처 오피스텔에서 혼자 살고 있다. 란 언니는 밤이 되면 심장이 녹아내리는 것처럼 외롭고, 나이가 들수록 자신이 더 외로워질 거라는 공포에 시달리다 불면증 약을 먹고 겨우 잠든다. 미와 란 언니는 요즘 꽃꽂이를 배우러 다니고 있다.

"꽃들도 얼굴이 있다지 뭐야. 꽃들 얼굴이 가장 예쁘게 보이는 각도로 꽃들을 꽂아 줘야 한다나……. 미는 손으로 만져서 얼굴을 느낀다네."

"미는 잘 지내는구나." 내가 무심히 중얼거린 말에 솔이 퉁명스레 대꾸했다.

"그렇지도 않아."

헬스키퍼실에 찾아와 안마를 받는 직원이 하루 평균 네다섯 명이지만, 몸집이 왜소한 미는 헬스키퍼 일이 벌써부터 힘에 부친다. 그 애의 키는 150센티미터 남짓이다. 그 애는 지금 어머니와 함께 살고 있다. 그 애가 헬스키퍼로 취직하자 부산에 살던 어머니가 그 애를 찾아왔다. 미의 부모는 그 애가 다섯 살 때 이혼했다. 그 애는 외할머니에게 맡겨졌다.

"정말 염치도 없지. 맹인인 딸이 자랄 때는 제대로 돌보지도 않더니 취직해 돈을 버니까 빌붙어 살려고 나타난 거잖아."

솔은 미의 어머니에게 분노를 드러냈다. 내가 별 반응이 없자 솔이 불쑥 물어온다.

"파, 넌 어때?"

"뭐가?"

"대학 생활 재밌어?"

"그냥 그래."

"나보다는 훨씬 낫겠지."

"왜 그렇게 생각해?"

"파, 넌 그래도 보이잖아."

그리고 보니 고등학교 2학년 때 통학버스에서도 솔은 비슷한 말을 내게 했다.

"파, 넌 좋겠다."

"뭐가?"

"넌 보이니까 혼자서 어디든 갈 수 있을 거 아니야."

"어디든?"

"네가 가고 싶은 곳은 어디든."

나는 내 눈이 멀어 가고 있는 걸 솔에게 말하지 않았다. 내 눈이 계속 멀어 빛조차 볼 수 없게 된다 하더라도 나는 그 소식을 솔에게 전하지 않을 것이다. 눈이 멀어 가는 게 부끄러워서는 아니다. 눈이 멀어 가고 있다는 데서 오는 불안과 공포, 슬픔을 온전히 이해받을 수 없을 테니까.

눈이 멀어 간다는 게 어떤 건지 솔은 모른다. 눈이 멀어 세상에 태어났다는 게 어떤 건지 내가 모르듯이.

솔, 너는 여전히 내가 세상 어디든 혼자서 갈 수 있을 거라고 생각하니?

내가 정말로 가고 싶은 곳은, 혼자서 걸어가 닿고 싶은 곳

은 지평선이야.

  하지만 솔, 나는 아직 지평선을 보지 못했어.

  나는 시선을 최대한 길게 뻗는다. 먼 곳을 바라보면 시력이 좋아진다는 글을 책에서 읽은 뒤로 나는 길을 걸어가거나 버스를 타고 갈 때면 의식적으로 먼 곳을 바라보려 한다. 더 먼 곳, 더 먼 곳, 가장 먼 곳……. 바다에서 가장 먼 곳은 수평선이다. 땅에서 가장 먼 곳은 지평선이다. 나는 수평선은 봤지만 지평선은 보지 못했다. 주문진 앞바다 끝에 길게 곡선을 그리며 휘어지며 떠 있는 게 수평선이었다. 수평선 색깔은 기억나지 않는다.

  내가 지평선을 보지 못한 것은, 내가 태어나고 살았던 곳에 지평선이 없었기 때문이다. 그리고 지금 살고 있는 곳에도. 도로, 물류창고들, 공장 건물들, 비닐하우스들, 아파트들에 가려져 지평선은 없다.

  내 눈은 먼 곳을 보지 못해서 멀어 가고 있는 게 아닐까.

  나는 마을버스 정류장을 지나 삼거리 쪽으로 걸어 내려간다. 삼거리를 중심으로 아파트들이 모여 있고, 삼거리에서 바깥으로 멀어지면 아파트들이 드문드문하다.

  4차선, 6차선 도로가 벌판을 조각조각 가르며 뻗어 있다.

원래는 하나의 거대한 벌판이었지만, 쪼개지고 떨어져 섬처럼 떠도는 벌판들에는 신축 고층 아파트가 우뚝 서 있거나 지어지고 있다. 그냥 빈 채로 황량하게 버려져 있는 벌판도 있다. 작년 가을, 부모님은 입주를 시작한 고층 아파트로 이사했다. 그 전까지 우리 가족은 수원 터미널 근처 빌라에 살았다. 아파트에서 살아 보는 게 꿈이던 어머니는 마스크 공장에서 포장하는 일을 하고 있다. 이곳 아파트로 이사하면서 어머니는 공장을 옮겼다. 부모님은 아파트를 분양받기 위해 은행에 꽤 빚을 졌다. 어머니는 내 눈 시력이 나빠지고 있다는 걸 모른다. 내 오른쪽 눈의 시력이 여전히 0.08인 줄 알고 있다. 어머니는 아무래도 내 시력이 언제까지 0.08에 고정돼 있을 거라고 믿고 있는 듯하다.

나는 어쩌면 지평선을 볼 수 없는 게 아닐까. 수평선이 보였던 것은 그것이 가까이 있었기 때문이 아닐까. 지평선은 수평선보다 멀리 있는 것이니까.

레, 넌 지평선을 본 적 있어?
넌 새도 봤으니까.

"파, 우린 도의 새를 봤어."
여름방학 전이니까, 우리가 아직 바다 이야기를 나누기 전이었다. 친할머니가 돌아가셔서 나흘을 결석하고 다시 학교에 돌아온 내게 레는 그렇게 말했다.

"파, 우린 도의 새를 봤어." 레 옆에 마네킹처럼 가만히 있던 미가 돌림노래를 부르듯 말했다.

도는 새를 길렀다.

다혈질적이고 폭언을 퍼붓곤 하는 아버지 때문에 불안한 가정환경에서 자랐지만 항상 웃는 얼굴이던 그 애도 (그 애의 다소 큼직한 입은 늘 활짝 벌어져 있었다.) 졸업 후 헬스키퍼가 됐다. 레는 우리 반 남자아이들 중 (고작 세 명이지만) 도가 가장 잘생겼다고 말하곤 했는데, 순전히 도의 목소리가 속삭이듯 부드럽고 다정해서였다. 음악 선생님은 도가 안드레아 보첼리 같은 성악가가 되기를 진심으로 바랐다. 하지만 그 애의 부모님은 안드레아 보첼리를 모를뿐더러 자신들의 눈먼 아들이 노래를 얼마나 잘 부르는지 몰랐다.

내가 별 대꾸가 없자 레가 다시 말했다.

"파, 우린 도의 새를 봤어. 도가 어제 새장을 학교에 가져왔어. 새가 자꾸 우니까, 아버지가 화를 내며 새를 내다 버리겠다고 했대."

"도의 아버지는 화를 너무 잘 내." 미가 말했다. "도의 아버지는 화가 나면 화분도 부수고, 텔레비전도 부숴. 불쌍한 도……."

"도는 아버지가 정말로 새를 내다 버릴까 봐 새장을 학교에 가져왔어. 교실에 들어서는데 새 울음소리가 들려서 깜짝 놀랐지 뭐야." 레가 말했다.

"난 새는 싫어." 솔이 투덜거렸다.

"사회 시간에 새가 자꾸 울었어. 내가 새를 만져 보고 싶다고 조르니까, 사회 선생님이 교실 창문을 전부 닫았어. 교실 문도 다 닫고 새장에서 새를 꺼내 내 손바닥에 놓아줬어." 흥분해 가빠진 숨을 토하고 나서야 레는 다시 말을 이었다. "난 깜짝 놀랐어. 새가 눈송이처럼 가벼워서."

"레, 새가 눈송이처럼 가벼울 순 없어." 솔이 말했다.

레는 솔의 말을 무시하고 계속 말했다. "새가 날아가지 않고 가만히 있었어. 난 새를 만졌어. 도의 새는 우유처럼 하얀색이야. 부리는……."

"사회 선생님이 나보고도 새를 만져 보라고 했는데 난 무서워서 싫다고 했어." 미가 약간 풀 죽은 목소리로 말했다. "난 살아서 꿈틀거리는 게 무서워. 내 손가락을 물 것 같단 말이야. 난 물고기도 죽은 물고기는 안 무서운데 살아 있는 물고기는 무서워."

레, 새의 부리는 무슨 색깔이었어?

레는 종종 "봤다"고 말하곤 했다. "내가 보니까 말이야." "내
가 봤는데 말이야." …… 그래서 그 애들이 누군가를, 또는 뭔
가를 봤다고 말할 때 나는 그냥 무심히 흘려들었다. 하지만 그
애들이 내게 도의 새를 봤다고 말했을 때 나는 기분이 이상했
는데, 정말로 도의 새를 봤다는 소리로 들렸기 때문이었다.

레, 지금 뭘 보고 있어?

교실 유리창으로 비쳐 들던 빛 속에, 석고상처럼 앉아 있
던 레의 등 뒤에 대고 중얼거린 적이 있다. 교실에는 레와 나,
둘뿐이었다. 레는 교실에 자기 혼자라고 생각하는 것 같았다.
나는 숨소리도 내지 않고 내 자리에 앉아 있었다. 레의 고개
가 들리더니 뒤를 돌아다봤다. 나는 안경을 쓰고 있지 않았
다. 그래서 그 애의 얼굴은 김이 서린 거울처럼 보였다.
"누구야?"
"……."
"누구 있어?"
"……."
"아무도 없어?"

삼거리까지 50미터쯤 남겨 두고 세발자전거만 한 뭔가가
슬그머니 들어선다. 개다……. 개는 제법 몸집이 있다. 자그마
한 개였으면 내 눈에 띄지 않았을 것이다. 감자 색깔의 솜뭉
치가 둥둥 떠 가는 것 같은 그 개를 나는 알 것만 같다. 엿새
전 병점역에 다녀오는 길에 웬 개가 6차선 도로를 느릿느릿
건너는 걸 봤다. 나는 병점역과 삼거리를 오가는 마을버스에
타고 있었다. 마을버스는 대형 마트 근처 횡단보도 앞에 신호
를 받고 서 있었다. 6차선 도로에는 공장과 물류창고, 아파트
공사 현장을 오가는 덤프트럭들이 수시로 내달린다. 마침 텅
비어 있었지만 언제, 어느 쪽에서 덤프트럭이 무서운 속도로
달려올지 몰랐다. 개는 무사히 도로를 가로질러 맞은편 인도
로 올라섰고 초록빛이 얼룩덜룩 번진 벌판으로 지워지듯 사
라졌다.

버려진 개일까? 외지고 한적한 데여서 일부러 이곳까지 찾
아와 개를 버리고 가는 사람들이 있다.

개를 버리는 것은 눈동자를 버리는 것이기도 하다. 그러니
까 저 개가 버려진 개라면 저 개를 버린 사람은 눈동자 두 개
를 버린 것이다.

며칠 전 새벽, 세면대 거울 속 내 눈동자를 들여다보며 나

는 내 눈에 보이는 것만 세상에 존재한다고 믿기로 다짐했다. 그러므로 저 개는 존재한다. 별은 존재하지 않는다. 내 눈에 보일 때 별은 존재하는 빛이었지만, 내 눈에 보이지 않게 된 뒤로 우주 어디에도 없는 것이 됐다. 도의 새도 존재하지 않는다. 전맹인 레와 미가 보았다는 그 새를 나는 보지 못했으니까.

개와 나와의 거리는 10미터쯤 된다.

저 개는 어디서 와서 내 눈앞에 존재하는 걸까. 저 개가 언제까지 존재할지, 끝까지 따라가 보고 싶은 충동이 든다.

갑자기 착시가 일어나며 개가 빨간 점으로 떠오른다. 깜박, 깜박…….

깜박, 깜박……. 직사각형 화면에 검은 점들이 빽빽하게 들어차 있었다. 검은 점들은 왼쪽에서 오른쪽으로, 개미 떼가 이동하듯 흘러갔다. 한순간 화면이 꺼졌다 켜지면서 검은 점들 중 하나가 빨간 점이 돼 별처럼 깜박 떠올랐다. 빨간 점에 초점을 맞춰야 했지만 내가 초점을 맞추기 전에 빨간 점은 사라지고 다른 곳에서 떠올랐다. 열 살 때 종합병원 안과에서 받았던 그 검사 후 나는 시각장애인 판정을 받았다.

깜박, 깜박……. 나는 빨간 점으로 떠오른 개에게 초점을 맞추려 눈에 힘을 준다.

개는 삼거리를 지나 북쪽으로 난 4차선 도로 옆 인도를 따라 올라간다. 개는 다리 하나를 절룩이는 것 같기도 하다. 바퀴 하나가 빠진 네발자전거나 유모차처럼 균형이 무너져 있다.

나는 개를 쫓아 성큼성큼 발을 내딛는다. 개와의 거리가 5미터쯤까지 좁혀지며 연필 소묘처럼 흐릿하던 실루엣이 조금씩 선명해진다.

나는 걷는 걸 무척 좋아하고, 종일 걸을 수도 있지만, 잘 못 걷는 것처럼 걷는다. 형이 그러는데, 나는 걸음마를 익힌 지 얼마 안 된 아이처럼 걷는다.

개와의 거리를 좀 더 좁히려 보폭을 크게 벌리며 발을 놓던 나는 멈칫 선다. 개가 꼬리를 다리 사이로 늘어뜨리고 날 바라보고 서 있다. 개의 뭉개져 보이는 얼굴이 날 향하고 있다.

개를 바라보는 내 눈동자의 진동이 빨라진다. 당황하거나 불안해지면 내 눈동자의 진동은 저절로 빨라진다. 눈동자가 빠르게 진동해 개의 실루엣이 여러 개로 흩어져 보인다. 한 마리가 아니라 대여섯 마리가 무리 지어 있는 것 같다.

개는 날 바라보기만 할 뿐 짖지 않는다. 내 눈동자의 진동이 제 속도를 찾으며 개는 여러 마리에서 다시 한 마리가 된다. 불쑥 개에게 내가 보이지 않는 게 아닐까 하는 의심이 든다. 그래서 저 개가 짖지 않는 게 아닐까.

사람들 모습이 흐려지듯, 내 모습 역시 흐려지고 있는 것 같은 기분에 사로잡힐 때가 있다. 점점 흐려져 내 모습이 사람들 눈에 보이지 않게 되는 날이 올 것 같은 불길한 예감마저 든다.

투명인간 같은 존재로 사느니 유령 같은 존재로 사는 게 나을까? 교실에서 투명인간 같은 존재이던 내가 아무 소리도 내지 않으면 전맹인 아이들은 내가 없는 줄로 착각했다. 교실에서 나는 '있다'는 걸 숨기려 일부러 숨소리를 아주 작게 내곤 했는데, 번번이 미에게 들키곤 했다. 그 애는 소리에 무척 민감해서 내가 안경을 추어올리는 소리를 듣고도 나의 '있음'을 단박에 알아챘다. 미는 수줍음을 잘 타고 수업 시간에 선생님의 질문을 받으면 말을 더듬을 만큼 자신감이 없었지만 빨간 머리 앤을 좋아해서 머리를 길게 땋고 다녔다. 그리고 레처럼 어서 스무 살이 되고 싶어 했다. 미가 스무 살이 돼 가장 하고 싶은 것은 화장이었다. 보지 못하는 자신의 얼굴에 화장을 하고 싶어 했던 미를 나는 어디서도 다시는 만나지 못할 것 같은 생각이 든다. 이유는 모르겠다. 그냥 그런 생각이 든다.

"파, 뭘 보고 있어?"

도가 내게 그렇게 물었을 때 우리는 신호등이 바뀌기를 기
다리며 횡단보도 앞에 서 있었다. 보행 지도 수업 시간이었
고, 도의 손에는 흰 지팡이가 들려 있었다. 일주일에 한 번 우
리는 학교 밖으로 나가 보행 지도 수업을 받았다.

"뭘?"

"그냥 네가 지금 뭘 보고 있는지 궁금해서." 도가 말했다.

"무지개."

"와, 무지개가 떴나 보네?"

마침 신호등이 바뀌었고 우리는 횡단보도로 발을 내딛었
다. 도는 직선을 그리지 못하고 사선을 그리며 횡단보도를 건
넜다. 도는 무지개를 본 적 없지만 그게 뭔지 책에서 봐서 알
았다.

내가 보고 있던 무지개가 하늘에 뜬 무지개가 아니라는
걸, 내 흔들리는 눈동자에 뜬 무지개라는 걸 나는 도에게 말
하지 않았다. 내 오른쪽 눈동자에 눈물이 고이고 햇빛이 사선
으로 비쳐 들면 무지개가 뜬다. 눈동자가 진동 속에 있는 데
다 사시여서, 햇빛이 눈동자에 맺힌 눈물방울을 통과할 때 굴
절과 반사가 일어나며 무지개가 뜨는 걸 거다.

내 오른쪽 눈동자에 뜨는 무지개는 일곱 색깔이 아니라 다
섯 색깔이다. 빨강, 노랑, 초록, 파랑, 보라. 처음 내 오른쪽 눈

동자에 무지개가 뜬 건 일곱 살이던 여름 어느 날이었다. 나는 집 앞 놀이터에서 초록색 구름다리를 건너고 있었다. 세 살 터울인 형이 날 소리쳐 부르는 소리를 듣고 고개를 돌리는 순간 햇빛이 내 눈동자에 비쳐 들며 무지개가 떴다.

레와 단둘이 교실에 있을 때도 내 오른쪽 눈동자에 무지개가 떴었다.

도, 넌 뭘 보고 있어?

레, 넌 지금 뭘 보고 있어?

미는 란 언니를 바라보고 있을 것 같다. 그 애가 란 언니를 바라보는 것은 그녀가 미래처럼 미 앞에 앉아 있기 때문이다.

무지개는 점자로 어떻게 쓸까?

요즘 나는 점자를 배우는 문제를 두고 고민이다. 고등학교 때 과목 중에 점자 수업이 있었지만, 배우려고 하지 않아서 나는 점자를 읽지 못한다. 내가 점자를 멀리한 이유는 내 눈에는 글자가 보이기 때문이었다. 책이나 스마트폰을 콧등이 닿을 만큼 가까이 두고 한 글자씩 도장찍듯 읽어야 하지만 말이다.

초점이 흔들려서 나는 한 번에 한 글자만 읽는다. 그래서 읽는 속도가 무척 더디지만, 그래서 문장을 읽을 때 나는 한 글자도 빠뜨리지 않고 읽는다.

날 보고 있는 게 아니라면 저 개는 뭘 보고 있는 걸까. 나는 뒤를 돌아다본다. 내 뒤에 아무도 없다. 나는 문득 우주를 통틀어 눈동자를 가진 존재가 저 개와 나, 둘뿐이라는 상상을 해 본다. 그러자 개의 눈동자는 어떻게 생겼을까 궁금해지며, 개의 눈동자가 보고 싶다.

라는 내 눈이 멀 거라는 걸 예감했던 걸까? 그는 내게 진지하게 점자를 배워 두는 게 좋을 거라고 충고했었다. 나처럼 선천성 저시력이었던 그는 서른세 살 되던 해 시력을 완전히 상실하고 전맹이 됐다. 그가 교사가 된 건 전맹이 되고 나서였다. 그는 우리에게 영어와 안마를 가르쳤다. 내가 점자를 읽지 못한다는 걸 우연히 알게 된 라는 나를 인체모형실로 불렀다.

2층 복도 끝에 자리한 인체모형실은 거의 항상 창문이 전부 닫혀 있었다. 라는 수업이 없는 시간이면 교무실이 아닌 그곳에서 혼자 머물곤 했다. 내가 인체모형실로 갔을 때 그는 진열장 앞 책상에 앉아 있었다.

"파야, 나는 내 눈이 멀어 가는 걸 느끼면서도 내 눈이 완전히 머는 날이 올 거라고는 생각 못 했어. 열세 살 때 0.03이던 내 눈은 20년이라는 긴 시간을 두고 서서히 멀었어. 옷에 달린 단추가 보이지 않더니, 옷에 프린트된 무늬가 보이지 않더라. 염색물이 빠지듯 옷 색깔이 흐려지더니 옷이 보이지 않았어. 나는 보이지 않는 옷을 내 몸에 입히며 내 눈이 결국은 완벽하게 멀었다는 걸 깨달았어."

나는 라의 어깨 너머 유리 진열장을 바라봤다. 문손잡이가 없어서 영원히 열 수 없을 것 같은 진열장 안에는 혈 위치를 나사못으로 박아 표시한 전신 인체 모형이 전시돼 있었다. 두 발이 한 뼘쯤 허공에 떠 있는 인체 모형은 내게 섬뜩한 기분이 들게 했다. 아무 표정이 없는 벌거벗은 남자가 나사못을 몸 곳곳에 박고 서 있는 것 같은 착각을 불러일으켰기 때문이었다. 옆 진열장에는 태아 모형 다섯 개가 일렬로 진열돼 있었다. 자궁 속에서 점점 자라 마침내 자궁 밖으로 머리를 내밀고 세상에 태어나는 과정을 보여 주는 태아 모형들을 보면서는 눈동자가 없는 아기가 태어나는 상상을 하곤 했다.

라가 천천히 눈을 감았다 떴다. 그의 얼굴이 내가 아닌 다른 곳을 향했다. 라는 내가 아니라 다른 사람에게 말하듯 중얼거렸다.

"내게는 보려는 몸짓이 아직 남아 있어."

나는 라의 말을 이해하지 못했다.

"보려는 몸짓 말이야. 나는 보았던 적이 있으니까……."

그만 일어서서 문 쪽으로 걸어가는 내게 그가 말했다.

"파, 교실 불 좀 켜 주겠니? 밝은 곳에 있고 싶네."

인체모형실 천장 형광등마다 이미 환하게 불이 들어와 있었다. 나는 교실 문 옆 스위치를 소리 나지 않게 꾹 눌렀다, 다시 탁 소리 나게 한 차례 더 눌렀다.

개는 다시 북쪽을 향해 걷는다. 개의 실루엣이 점점 흐려져, 지우개로 지우고 남은 자국처럼 흐려지고 나서야 나는 개를 쫓아 발을 내딛는다.

학기가 바뀌고, 수학여행을 다녀온 지 얼마 안 돼 라가 학교를 결근한 일이 있었다. 점심시간이 지나고 아이들 사이에는 라가 사귀던 여자 친구와 헤어졌고 그 충격으로 무단결근했다는 소문이 빠르게 돌았다. 이별의 이유를 몹시 궁금해하는 레와 미에게 솔이 말했다.

"그냥 여자 친구가 떠난 거야."

"왜? 왜 떠나?" 레가 물었다.

"왜? 정말 몰라서 묻는 거야?" 솔이 되물었다.

"왜 떠났는데? 왜? 왜?" 레가 솔에게 대답을 재촉했다.

"맹인이니까 떠난 거야. 다른 이유 같은 건 없어. 라 선생님이 맹인이니까 여자 친구가 떠난 거야."

"아니야, 사랑하지 않으니까 떠난 거야." 레가 말했다.

"레, 너 바보구나."

"솔, 바보는 너야. 그 여자는 라를 사랑하지 않아서 떠난 거야. 사랑하면 떠날 수 없어. 사랑하는데 어떻게 떠나?"

레의 흥분한 목소리는 수업 시작을 알리는 음악 소리와 함께 교실에 울렸다.

새로운 한 주가 시작되고, 궁금한 걸 참지 못하는 레가 영어 수업 시간에 불쑥 물었다.

"선생님, 여자 친구하고 헤어졌어요? 왜 헤어졌어요? 왜요?"

수업에 집중하지 못하던 아이들의 얼굴이 라를 향해 들렸다. 하지만 교실에서 라를 볼 수 있는 학생은 나 혼자였다.

"여자 친구하고 헤어진 충격 때문에 학교에 안 나오셨던 거예요?"

"레, 나는 바다를 보러 갔었어."

"바다요?" 솔이 물었다.

"바다가 보고 싶어서 새벽 첫 고속버스를 타고 바다를 보러 갔어. 바다를 볼 수 있을 줄 알았는데 못 봤어. 하지만 바다는 내 앞에 있었어. 밀려가고 밀려오며 내 앞에 있었어."

라 앞에 보이지 않는 옷이 놓여 있다.

옷은 레가 본 바다처럼 아주 파란색이다.

옷은 밀려가고 밀려오며 라 앞에 놓여 있다.

라는 옷이 밀려오길 기다려 손을 뻗는다. 그것을 들어 자신의 몸에 입힌다.

인체모형실에서 라가 입고 있던 옷은 파란색 반소매 티셔츠였다. 그리고 레는 여자 친구가 라를 떠난 이유에 대해 결국 듣지 못했다.

아주 파란색 바다를 입은 라가 밀려가고 밀려온다.

개가 인도를 벗어나 벌판으로 들어간다. 노란색과 녹색 물감을 섞어 칠해 놓은 것 같은 잎을 성글게 매달고 엇비스듬히 서 있는 나무로 다가간다.

휑한 벌판에 생뚱맞게 서 있는 나무가 오래전 레가 다녀간 나무인 것만 같다. 레는 나무를 찾아갔다.

"난 나무를 찾아갔어."

통학 버스에서였다. 나는 레 때문에 짜증이 나 있었다. 통학 버스가 출발하려는데 그 애가 화장실에 가고 싶어 하는 바람에 출발 시간이 40분이나 늦어졌기 때문이었다. 레는 두 발로 서는 것이 불가능한 지체장애가 있어서 수업 시간에도 전동 휠체어에 앉아 수업을 들었다.

"내가 일곱 살 때, 내가 나무가 어떻게 생겼는지 궁금해하니까 엄마가 날 업고 나무를 찾아갔어."

레는 자신 때문에 통학 버스의 출발 시간이 40분이나 지체됐다는 걸 모르고 있거나, 알지만 대수롭지 않게 생각하는 것 같았다.

"나무가 멀리 있어서 엄마는 한참 걸어갔어. 엄마는 내게 나무를 만지게 했어. 난 나무가 만지기 싫었지만 나무를 만졌어. 나무는 서 있었어. 내가 만지는 내내 나무는 벽처럼 꼼짝 않고 서 있었어."

길을 걸어가다 나무가 서 있으면 나는 나무를 바라본다. 내가 나무를 바라보는 것은 내가 나무를 좋아하기 때문이 아니다. 나무가 내게 보이기 때문이다. 나는 보이는 것을 바라본다. 그때마다 나무들은 흔들리며 서 있었다. 개가 다가가고 있는 들판의 나무도 흔들리며 서 있다. 나무가 흔들리고 있어서 흔들려 보이는 것인지, 내 눈동자가 흔들려서 흔들려 보이는 것인지, 나는 모르겠다.

레, 내게 보이는 나무들은 하나같이 흔들리며 서 있어.

레는 어느 날 스무 살이 됐듯, 어느 날 서른 살이 될 것이다. 그리고 어느 날 마흔 살이 될 것이다. 도, 솔, 미, 그리고 나, 우리 모두 마흔 살이 될 것이다. 미와 도는 그때도 헬스키퍼로 일하고 있을까.

나무 아래를 어슬렁거리던 개가 다시 인도로 나온다. 그리고 다시 북쪽을 향해 나아간다.

바지 주머니 속 휴대전화기가 울린다.

"어디야?"

형이다.

"어디야?" 내가 대답하기도 전에 형은 다그치듯 되묻는다.

"모르겠어……."

"뭐?"

"어딘지 모르겠어."

"뭐가 보이는데?"

"하늘, 구름, 도로, 벌판……."

"그런 거 말고. 보이는 걸 말해 봐."

내가 초등학교 3학년일 때, 형이 방바닥을 기어가는 개미를 잡아 내 받아쓰기 공책에 놓아줬던 게 문득 떠오른다. 개미는 내가 검은 플러스펜으로 큼직하게 쓴 글자들 사이를 어지럽게 기어다녔다. 연필로 글자를 쓰면 내 눈에 잘 보이지 않아서 나는 초등학교 때부터 플러스펜으로 글자를 썼다. 형이 손가락으로 개미를 꾹 눌러 죽이더니 물었다. 보여?

"뭐가 보이는지 말해 보라니까."

"개."

"개?"

"응, 개."

형이 한숨을 토하고 나서야 말한다. "멀리 가지 말고 그만 집에 들어와."

두 살 터울인 형은 나를 초등학생 취급하곤 한다. 눈 때문에 내가 멀리 가면 길을 잃을 거라고 생각한다. 일반 중학교에 다닐 때 나는 버스를 타고 등하교를 했는데, 엉뚱한 번호의 버스를 타고 낯선 곳까지 실려 가 헤매고 있는 나를 형이 찾으러 온 적이 몇 번 있다. 나는 눈에 보이는 큰 건물들의 이름을 형에게 말했고, 형은 용케 날 찾으러 왔다. 달리는 버스의 번호는 내 눈에 포착되지 않는다. 서 있는 버스의 번호도 흐릿해서 나는 전체적인 윤곽으로 번호를 구분한다.

"형."

"왜?"

"형은 뭐가 보여?"

"궁금해?"

"응."

"난 아무것도 안 보여."

형은 그러고 통화를 끝낸다. 실용음악학과에 진학해 작곡가가 되고 싶었던 형은 아버지의 반대로 지방대학 행정학과에 입학했다. 물류창고에서 택배 분류 일을 하는 아버지는 형이 어서 대학교를 졸업하고 공무원이 되길 바란다. 전공을 재미없어 하는 형은 아버지가 그런 뜻을 내비칠 때마다 견딜 수 없어 하며 자기 방으로 들어간다. 식사 때가 되어도 나오지 않고 미친 듯이 기타를 친다.

여름방학이 끝나 갈 즈음, 형과 나는 짐을 꾸려 각자가 다니는 대학교로 떠날 것이다. 나는 중고등학교 시절 내내 형에게 하고 싶었지만 못 했던 말을 속으로 중얼거린다. '형, 너는 잘 보이잖아.'

집에서 더 멀어지면 안 된다는 걸 알면서 나는 개를 쫓아 걸음을 내딛는다.

도는 아직도 새를 기를까?

왼손에 흰 지팡이를 들고 (도는 왼손잡이였다), 오른손에는 밥솥처럼 커다란 새장을 들고 지하철역 출구 계단을 내려가는 도의 뒷모습이 내 머릿속에 그려진다. 새장은 텅 비어 있다. 습하고 퀴퀴한 바람이 저 밑에서부터 올라오는 계단은 깊고 깊다. 계단을 내려가는 도의 뒷모습이 지우개로 지우듯 조금씩 사라진다.

내 휴대전화에는 도의 번호가 저장돼 있다.

"파?" 상기된 도의 목소리에서 순수한 반가움이 배어 나온다.

"난 줄 어떻게 알았어?"

"목소리가 네 목소리니까. 네 목소리는 세상에 하나뿐이니까." 말끝에 도가 웃는다. 웃음소리가 무척 희미해서 들리지 않지만 나는 그 애가 웃는 걸 느낄 수 있다.

"도, 잘 지내?"

"나야 잘 지내지. 넌?"

도의 목소리가 너무 다정해서 나는 나 자신에게 화가 난다. 학교를 졸업하고 나는 도에게 걸려오는 전화를 받지 않고 문자에 회신도 하지 않았다. 나는 번번이 부재로 응답하며 내 존재가 그 애에게 부재로 남길 바랐다.

"너 여전히 새를 기르니?"

불쑥 내 눈이 멀어 가고 있다고, 너의 눈처럼 빛조차 보지 못하는 날이 올지 모른다고 고백하고 싶다.

"그럼! 내 새를 기억하는구나!"

"도야, 난 네 새를 못 봤어. 네가 학교에 새장을 들고 온 날, 내가 결석했거든."

"그랬어? 너도 내 새를 봤으면 좋았을 텐데." 도가 아쉬워한다.

"난 못 봤지만 레와 미는 네 새를 봤지."

"응, 걔네들은 내 새를 봤어."

"도, 그 애들은 어떻게 네 새를 봤을까?"

"응?"

"그 애들은 어떻게 네 새를 봤을까?"

"그러게……." 도가 말끝을 흐리다 금세 밝아진 목소리로 말한다. "파야, 난 요즘 내 새를 숲에 데려가는 게 소원이야."

"숲에?"

"응, 숲에 데려가면 내 새가 행복해할 것 같아. 내 새가 새장 속에서 태어나, 새장 속에서 살다가, 새장 속에서 죽을 걸 생각하면 마음이 아파……. 두 달 전쯤에 새가 종일 울지 않아서 동물병원에 데려갔는데, 의사 선생님 말이 너무 늙어서 울지 않는 거라지 뭐야. 글쎄 내 새가 사람 나이로 치면 아흔 살은 됐을 거래. 내 새가 아흔 살 할머니였다니……. 숲에 데려가려고 이동식 새장도 샀는데 아무래도 나 혼자 새장을 들고 숲을 찾아가는 게 엄두가 안 나네."

"내가 같이 가 줄까?"

"응?"

"숲에 내가 같이 가 줄까?"

"정말? 파, 네가 같이 가 주면 숲에 갈 수 있겠다. 너는 보이니까. 난 목요일 빼고 언제든 되는데. 목요일이 쉬는 날이거든. 언제 갈까? 이번 주말은 어때?"

내가 아무 대꾸를 않자 도가 말을 하다 만다.

"파야, 스마트폰 너무 많이 보지 마."

"내가 스마트폰 많이 보는 거 어떻게 알았어?"

"수업 시간에도 네 손가락이 스마트폰 액정 화면을 터치하는 소리가 들려오곤 해서 알았지. 스마트폰 불빛이 눈에 안 좋대."

"도야……"

"응?"

"아니야, 잘 지내. 연락할게."

"으응……. 저기, 도야……. 숲에 꼭 같이 안 가 줘도 돼."

"……"

"혹시 강남 역삼동에 올 일 있으면 연락해. 내 직장이 역삼역 근처에 있거든. 넌 학생이고 나는 직장인이니까 내가 맛있는 거 사 줄게. 근처에 무한 리필 되는 돈가스 식당도 있어."

도와 통화하는 사이에 개는 멀어져, 솜뭉치 같은 게 둥둥 떠 가는 것 같다. 멀어진 개를 따라잡으려 나는 걸음을 빨리 한다. 진동하는 것은 내 눈동자가 아니라 세상이 아닐까. 지구가 초속 463미터의 속도로 돌고 있는데도 그 회전을 느끼지 못하듯, 멈춤 없는 진동을 사람들이 느끼지 못하는 것이 아닐까.

도야, 난 숲이 싫어. 숲에는 나무가 너무 많아. 난 나무 한 그루 없는, 멀리 지평선이 보이는 벌판을 마냥 걸어가고 싶어.

오늘 아무래도 내 오른쪽 눈동자에 무지개가 뜰 것 같다. 그리고 그 너머로 레의 뒷모습이 떠오를 것 같다. 꿈에서였지만 나는 왜 레를 부르고 불렀을까? 그리고 어째서 그 애는 내가 부르고 부르는데도 대답하지 않았을까?

바지 주머니 속 휴대전화가 울린다. 형일까? 진동이 멎고 조금 뒤 문자메시지 수신을 알리는 소리가 여덟 번 연달아 울린다.

'파야, 레와 미는 내 새를 보고 싶어 했어. 그래서 그 애들한테 내 새가 보였던 거야.'

'레가 그랬어. 미치게 보고 싶어 하면 보인다고.'

'내 새의 부리가 노란색이라는 걸 나는 레가 알려 줘서 알았어.'

'레가 알려 주지 않았으면 나는 내 새의 부리가 노란색인 걸 몰랐을 거야.'

'레가 그랬어. 노란색은 세상에서 가장 깨끗한 색이라고.'

'내 새의 부리는 세상에서 가장 깨끗해. 내가 한 번도 씻겨 주지 못했는데.'

'파야 이건 비밀인데, 난 아직 내 새를 못 봤어.'

'숲에 가면 나한테도 새가 보일 것 같아.'

나는 휴대전화를 도로 바지 주머니에 밀어넣고, 개미처럼 보일 만큼 멀어진 개를 따라잡으려 두 발을 엇갈려 가며 성급히 내딛는다.

집에서 너무 멀어졌다는 걸 알지만 나는 개에게서 놓여나지 못한다. 개가 점점 흐려져 내 눈에 보이지 않을 때까지, 그러니까 존재하지 않게 될 때까지 나는 개에게서 놓여나지 못할 것 같다.

*

개와 나는 계속 북쪽으로, 북쪽으로 걸어 올라간다. 개와 나와의 거리가 100미터쯤에서 50미터쯤까지, 30미터쯤까지 좁혀진다.

개가 뒤를 돌아다본다. 내가 그림자처럼 자신을 뒤쫓고 있다는 걸 눈치챈 것 같다. 개는 3, 4초 간격으로 뒤를 돌아다보면서도 마치 강물에 실려가듯 북쪽으로 꾸준히 걸어 올라간다. 내가 뒤쫓고 있는 게 신경 쓰이는 걸까? 내가 뒤쫓다 말고 가 버릴까 봐 신경 쓰이는 걸까, 개의 마음을 모르겠다.

끊어질 듯 끊어지지 않고 뻗어 있는 인도에는 개와 나뿐이다.

도로에는 차들이 띄엄띄엄 빠른 속도로 지나간다.

도야, 너 설마 새를 숲에 날려 보내고 싶은 건 아니지?

내 오른쪽 눈동자에 눈물이 차오르며 무지개가 희미하게 떠오른다. 빨강, 초록, 파랑…… 선명해지는 무지개를 지우려 나는 눈을 꾹 감았다 뜬다.

덤프트럭이 시멘트 가루를 날리며 도로를 달려간다.

개가 머뭇머뭇하더니 도로로 내려선다. 거의 동시에 승용차 한 대가 떠오르는 게 내 시야에 잡힌다.

승용차가 개를 향해 몹시 빠른 속도로 달려드는 게 내 눈동자에 느껴진다.

길게 울리는 경적 소리를 들으며 나는 황급히 고개를 돌린다. 하얗게 타오르는 태양을 향해 두 눈을 부릅뜬다.

도야, 눈동자가 타들어 가는 것 같아……

차가 급정거하는 소리.

차 문을 거칠게 여는 소리, 차 라디오에서 흘러나오는 것이 틀림없는 노랫소리, 구둣발 소리, 세상이 멈춘 것 같은 정적.

*

고등학교 2학년 겨울 방학식 날이었다. 병아리처럼 노란 털실로 짠 스웨터를 입고 내 맞은편에 앉아 있던 레가 말했다.

"엄마가 내 방에 들어오더니 탁 하고 불을 켰어. 빛 속에 날 있게 하고 싶어서. 빛 속에 있는 날 난 볼 수 없지만 엄마는 볼 수 있으니까."

레의 목소리는 높고 높았다. 그 애의 앞에는 언제나처럼 미가 가만히 앉아 있었다.

마지막 수업만을 남겨 둔 쉬는 시간이었다. 나는 레와 미가 자기들끼리 나누는 얘기를 흘려들으며 깨진 거울 조각 속에 잠든 물고기처럼 떠 있는 내 눈동자를 보고 있었다.

"엄마는 빛 속에 있는 날 물끄러미 바라보다 내 방을 나갔어.”

“물끄러미?” 미가 물었다.

“말없이 바라보는 거 말이야.”

“아아…….” 미가 고개를 끄덕였다.

“내가 여섯 살 때, 엄마는 내가 빛이라도 보게 하려고 어떤 할아버지한테 날 데려갔어. 할아버지가 날 침대 같은 데 눕히고 내 눈 둘레에 바늘을 꽂았어. 하나, 둘, 셋, 넷, 다섯. 내 눈은 다섯 개의 바늘에 갇혔어. 엄마는 내가 일곱 살이 될 때까지 일주일에 두 번 날 할아버지한테 데려갔어. 그때마다 할아버지는 내 눈 둘레에 바늘을 꽂았어. 하나, 둘, 셋, 넷, 다섯!”

“그래서 빛을 봤어?” 미가 물었다.

“빛은 원래 볼 수 없는 거래. 우리는 빛을 보는 게 아니라 빛 속에 있는 걸 보는 거래. 빛 속에 있는 꽃, 나무, 새, 물고기…….”

“물고기?” 미가 물었다

“물속에도 빛이 있대. 바다처럼 깊은 물속에도.”

“아, 그래서 물고기한테도 눈이 있는 거구나.”

*

검은 점들이 왼쪽에서 오른쪽으로 흐른다.

범람하는 검은 점들에 휩쓸려 내 두 눈동자도 떠내려간다.

깜박, 빨간 점이 구명 튜브처럼 떠오른다.

내 두 눈동자가 빨간 점을 붙잡으려는 순간 그것은 개로 변신한다.

『무지개 눈』의 모든 소설은 실존 인물과 인터뷰한 후에 창작되었다.

「오늘 밤   선천성 전맹인 전주연 씨.
내 아이들은
새장을 찾아
떠날 거예요」

「파도를   미숙아망막병증으로 선천성 저시력에서 전맹이 된
만지는   특수 교사 이진석 씨.
남자」

「빨간 집에   선천성 전맹인 지체장애인 최다원 씨.
사는 소녀」

「검은색   선천성 전맹이며 안마사로 일하고 있는 김희정 씨.
양말을 신은
기타리스트」

「무지개 눈」   선천성 저시력인 김준협 씨.

당신께

4년 전 당신을 만나러 가던 날들이 떠오릅니다.

제 안에서 소멸 충동이 휘몰아치던 날 보라매역으로.

영하를 밑돌던 날 얼기 직전의 영혼을 데리고 맹학교로.

뙤약볕을 뚫고 오산역으로.

기록적인 폭우를 뚫고 병점역으로.

낮고 무거운 하나의 음(音)에 갇힌 것 같이 먹먹하던 날 보라매역으로.

낯선 이방인인 저를 당신은 한결같이 웃으며 맞아 주었고, 한없이 문학적이고 순수하며 슬프지만 동화 같은 시간을 제게 선물해 주었습니다.

당신은 눈먼 제가 보지 못하는 것들을 제게 보여 주었습니다.

당신은 여전히 제가 보지 못하는 것들을 제게 보여 주고 있습니다.

당신은 열린 문이자 열린 거울,

파란 하늘에 흘러가는 뭉게구름이자 흰 토끼,

꿈속에서도 사랑을 노래하는 사랑밖에 모르는 가수,

솔직하고 수줍음을 많이 타는 고독한 모험가,

아이들이 모두 떠난 놀이터의 미끄럼틀 위에서 알함브라 궁전의 추억을 연주하는 기타리스트였습니다.

저는 지금 당신과 함께했던 맑은 시간을 독자들과 나누려 합니다.

당신과 함께 이동 새장에 넣은 새를 데리고 숲을 찾아가는 기분입니다. 새장 속에서 태어나 나무를, 그리고 숲을 한 번도 보지 못한 새에게 나무와 숲을 보여 주려.

우리가 숲에 다다랐을 때 나무들의 가지마다 새순이 돋아 있겠지요.

시간을 내어 주는 것은 생명을 내어 주는 것이라는 어느 수도자의 말이 떠오릅니다.

이 책은 당신이 제게 내어 준 시간에 대합 답례입니다.

김숨 올림

추천의 글

　나에겐 시각장애인 친구가 한 명 있다. 그는 유머러스하면서도 성실하고, 열정적일 뿐만 아니라 어려운 사람을 그냥 지나치지 못한다. 비장애인은 상상하기 어려운 온갖 질곡을 견디며 살아남은 사람이기도 하다. 안타까운 것은 이 정도의 요약만으로는 내가 아는 그를 다 설명할 수 없다는 점이다. 너무 상투적이어서 그에게 미안한 마음이 들기도 한다. 표현하지 못한 그의 외로움과 슬픔은 어디 있나. 매 순간 그가 경험한 삶의 감각들은 모두 어디 있나. 극복과 승리의 서사로 귀결되지 않는, 어떤 존재의 입체성과 부피감은 어떻게 해야 그려질 수 있을까?

　김숨은 시각장애인의 삶 곁에 가만히 머문다. 반걸음 뒤에

서 그들의 목소리를 조용히 경청한다. 그러고는 말없이 몸을 바꾸며 우리를 누군가의 삶 깊숙이 안내한다. 일견 평온해 보이는 침묵 뒤의 격렬한 상처와 가만한 기쁨과 다양한 삶의 이야기들. 소설은 때로 좌절과 욕망이 뒤섞인 분절된 독백 같고, 서정적이고 아름다운 시적 이미지의 공연장 같다. 또 어느 때는 아프고 생생한 인터뷰의 현장 같고, 핀 조명이 떨어진 소극장의 연극 무대 같기도 하다. 시각장애인이라는 말만으로는 결코 다 담아낼 수 없는 존재의 불투명함과 웅성거림, 까끌하면서도 생생한 이 부피감들. 나는 내 친구, 내 동료들을 조금 더 깊이 이해할 수 있는 작품을 알게 되어 기쁘다. 이 작업을 김숨이 해 주어서 고맙다고 말하고 싶지만 그러면 김숨은 『무지개 눈』 뒤로 스르륵 사라질 것 같다.

박상수(시인·문학평론가)

추천의 글

죽음이 몸에 맞는 의복이므로 죽음의 장소에 생의 흔적이
낭자하다. 난해한 것은 불행. 비참할수록 생에 가깝다. 불행의
발언권을 최적화하는 김숨의 처음부터 독보적이던 소설 역량
은 중단 없이 심화-확대되어 왔다. 불행의 발언권으로 난해
한 불행이 위로받는다고 할 수는 없다. 불행은 그것으로 더
불행하고 더 생에 가깝고 더 난해하다. 하지만 어언 불행보다
더 끈질기게 이어지는 김숨 소설을 읽으며 우리는 좀 더 '근
본적으로 인간적'이 될 수 있다. 진정한, 몇 안 되는 전업 소설
가에게 우리가 알게 모르게 기대하는 '지난한 아름다움'의 문
체가 바야흐로 만개하며 펼치는 마지막 장 「무지개 눈」은 참
으로 놀라운 불행들의 해피 엔딩이라고 할 만하다. 새로움의

정체가 바로 '지난至難=아름다움' 등식이라는 것을 보여 주는 김숨이 있어 한국 소설 문학은 몇십 년을 더 버틸 수 있을 거라고 나는 미리 생각한다. 그래서는 안 되겠지만 만에 하나, 많은 동료 작가들의 걱정대로, 김숨이 이렇게 중단 없이 쓰다가 쓰러지더라도.

김정환(시인)

무지개 눈

김숨 연작소설

1판 1쇄 찍음 2025년 1월 24일
1판 1쇄 펴냄 2025년 2월 7일

지은이 김숨
발행인 박근섭·박상준
펴낸곳 (주)민음사

출판등록 1966. 5. 19. 제16-490호
주소 서울시 강남구 도산대로1길 62(신사동)
    강남출판문화센터 5층(06027)
대표전화 02-515-2000 | 팩시밀리 02-515-2007
홈페이지 www.minumsa.com

ISBN 978-89-374-2852-4 (03810)